ボトルクリーク

TERROR AT BOTTLE CREEK

絶体絶命

ワット・キー　橋本恵訳

あすなろ書房

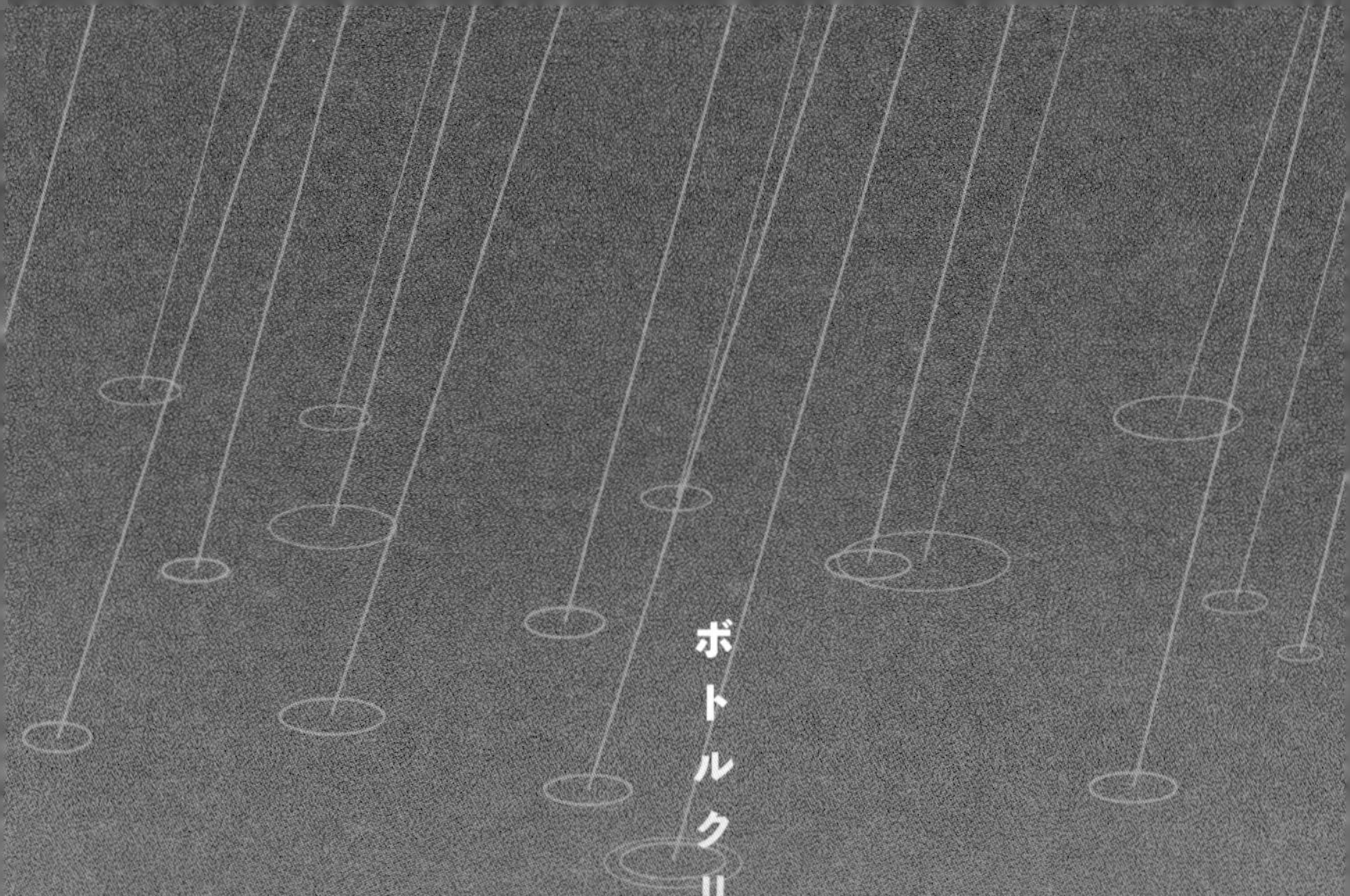

ボトルクリーク絶体絶命

イラストレーション／玉村ヘビオ
ブックデザイン／城所潤・大谷浩介（ジュン・キドコロ・デザイン）

本書で描《えが》かれるハリケーンはフィクションだが、
私の数々《かずかず》のハリケーン体験に基づいている。
裏話を知りたい方は巻末にまとめてあるので、
そちらをお読みいただきたい。

ワット・キー

1

まだハリケーンの心配はしなくていい、と父さんはいう。今のところ、今シーズンのハリケーンはすべて東にそれてフロリダ州へ向かったし、暴風雨はさんざん体験してきたし、そもそも湾岸《わんがん》の暮らしにハリケーンはつきものじゃないか、というのだ。

でも、ぼくは不安を捨てきれない。テレビで観《み》たハリケーンは大型だし、今までのハリケーンとは進路がちがう。しかも、ハリケーンの名前は〝イゴール〟。いかにも残酷《ざんこく》で強烈《きょうれつ》という感じがする。

ハウスボートから、窓の外をのぞいてみた。ぼくと父さんは、川に浮《う》かぶこのボートで暮らしている。

ハリケーンの心配は、ひとまず後回しだ。今は、川岸のピックアップトラックの中で父さんを待っているふたりのお客のほうが気になる。父さんはあの人たちをワニ狩《が》りへ案内するために、一時間前にはここにもどってくるはずだったのに——。

お客ははるばるミシシッピ州からアラバマ州までやってきたので、どうなっているんだと気をもんでいる。

携帯《けいたい》無線機で、また父さんに連絡《れんらく》をとってみた。

「もしもし、父さん？」

やはり、応答はない。でも、父さんの行き先はわかっている。ぼくにはかくしているけれど、この先にある母さんの借家に行ったに決まっている。母さんが六カ月前に家を出ていってからずっと、父さんは母さんの元に通いつめて、もどってくるように説得している。母さんは父さんの顔など見たくないのに――。父さんは母さんの家のそばに車を止めて、窓を見つめているだけじゃないかと思うこともある。

ハウスボートの甲板《かんぱん》に出て、川岸のほうを見た。ジムという名の背の高いほうのお客が、運転席から夕闇《ゆうやみ》のせまる外へ出て、外灯の下に止めたトラックに寄りかかった。口にくわえた爪《つま》楊枝《ようじ》をいらいらと回し、腕《うで》時計で時間を確かめ、声をかけてくる。

「坊主《ぼうず》、父ちゃんはつかまったか？」

「あの、もどってきますんで」

ジムはブーツで川岸の砂利《じゃり》をこすり、顔をしかめている。

うちの犬――名前はナマズだ――が、ボートを陸に上げたり、岸から川に下ろしたりするのに使うスロープをトコトコと走ってきて、ハウスボートに飛びのり、ぼくの脚《あし》に寄りかかった。ぼくはしゃがんで、両耳の後ろをかいてやった。ナマズの体には、魚のにおいが濃《こ》くしみついている。

「よしよし、あそこでなにをしてたんだい？」

ナマズの見てくれは悪い。テリアとコリーのミックスで、毛はくすんだ黄色。数年前に川岸をうろついているのをたまたま見つけて、飼うことにした。ナマズは尾《お》を甲板《かんぱん》に打ちつけ、せっつくように鳴くと、興奮して体を震《ふる》わせた。

「わかってるって。ちゃんと乗せていってやるから。ちょっと待ってろ」

ナマズがまた尾《お》を甲板《かんぱん》に打ちつける。

ホスという名の背の低いがっしりしたお客も、トラックからおりるのが音でわかった。砂利《じゃり》道《みち》を踏《ふ》みしめ、こっちに近づいてくる。

「坊主《ぼうず》、今日はキャンセルだな」

「かならず、もどってきますから」

「そういわれてもだな、こっちはさんざん――」

そのとき、坂をおりてくる父さんのピックアップトラックの音が響《ひび》いた。父さんは客たちの背後に車を止めると、野球帽《ぼう》をかぶりながら車をおりて、ジーンズを持ちあげた。最近、父さんのジーンズは、しょっちゅうずり落ちている気がする。もともと細身だけれど、母さんが家を出てからは、絶食でもしているみたいにやせこけてきている。母さんはいろいろな意味で、父さんの魂《たましい》を吸いとってしまったらしい。

「さあ、体長三メートルのワニ狩《が》りへ、準備はOKかな？」

「とっくにOKだよ、トム」と、お客のジムがいう。

父さんはふたりに近づき、握手《あくしゅ》した。お客もしぶしぶ、笑《え》みを浮《う》かべて握手《あくしゅ》する。父さんはごく自然に〝お気楽モード〟にギアチェンジした。

「いやいや、お待たせして申しわけない。かならず、うめあわせをしますよ。今夜の獲物《えもの》は〈名無し〉っていいましてね。十五年間ずっと成長を見まもってきた、とびっきりデカい暴れワニですよ」

「そいつはいい」と、ジム。

父さんはスロープからハウスボートへ飛びのって、やれやれ、といわんばかりに、ぼくに向かってあきれ顔をした。やれやれといいたいのはお客のほうだと、ぼくは思う。いつものように母さんにつきまとって、自分の時間とまわりの時間をむだにしたのは、父さんのほうだ。正直、情けない。けれど十三歳《さい》の息子《むすこ》が、いい歳《とし》をした父親に、いいかげんにしろよ、なんていえるわけがない。

「ねえ、あの人たち、もうちょっとで帰るところだったんだよ」

「帰ってたら、お客はきっと後悔《こうかい》しただろうよ。で、準備は？　できてるか？」

「うん」

「じゃあ、お客の道具運びを手伝ってやってくれ。さあ、出発だ！」

2

父さんは、このあたりではピカ一のリバーガイドだ。学校がある日はひとりで客を案内しているが、週末はぼくが手伝っている。今はワニ狩《が》りのシーズンなので、いつもよりいそがしい。ワニ狩《が》りは退屈《たいくつ》だけど、ふだんのブタ狩《が》りや釣《つ》りのツアーよりも実入りがいい。

お客に救命胴衣《どうい》をくばり、平底ボートの前方のベンチシートへと案内した。ガイドの仕事に使うのは操舵《そうだ》機器が船の中央にあるセンターコンソールというタイプで、長さ約五・五メートルのジョンボート――平底のアルミボート――だ。エンジンは九十馬力、吸気・圧縮・膨張《ぼうちょう》・排気《はいき》をピストン一往復で行う二サイクルの船外機が一台。同じ行程をピストン二往復で行う四サイクルのエンジンは、父さんの好みじゃない。値が張るし、操作が複雑だという。父さんは自分で直せるエンジンしか使いたがらない。

ナマズがジョンボートによじのぼり、定位置についた。後部の端《はし》にある一枚の古いタオルの上だ。その間にぼくはボートの外から、船首と船尾《せんび》それぞれの係留ロープを解いた。父さんはエンジンをかけて、ぼくがボートに乗りこむと、ギアを入れて川へとくりだした。

「おふたりさん、道具はすべておそろいで？」と、父さんがお客のジムとホスにたずねた。

「ああ、そろってる」と、ホス。

ようやく出発したので、ふたりとも機嫌《きげん》を直したようだ。缶《かん》ビールをあけて、乾杯《かんぱい》している。

ぼくはボートの後部にもどって、防水ケースからスポットライトをとりだし、操縦に必要な機器を一つの台にまとめたコンソールのコンセントにつないだ。

「非常用のガス発電機は？」父さんがぼくにたずねた。

「前に置いてあるよ。今夜、本当に、ボトル・クリークまで行くの？　わざわざ？」

「まあな。この川から外れれば、そうそう邪魔《じゃま》は入らんさ」

父さんが〈名無し〉と呼んでいるワニは、支流のボトル・クリークの沼地《ぬまち》に住んでいる。湿《しっ》地《ち》のかなり奥《おく》にあたる場所だ。

もしボトル・クリークという地名を耳にしたことがあるとしたら、たぶん釣《つ》りや狩《か》りとは関係なく聞いたんだと思う。ボトル・クリークの近くには、背の高いイトスギとミズナラが屋根のように上空をおおっている場所があって、そこにネイティブ・アメリカンの古代遺跡《いせき》があるのだ。考古学者は、そこをボトル・クリーク遺跡《いせき》と呼んでいる。地図にはのっていない遺跡《いせき》で、車道はない。通じているのは、いまにも消えてしまいそうな白砂の小道だけだ。

父さんはエンジンをあたためながら、ゆっくりとボートを走らせた。ぼくはスポットライトをつけ、左右の川面《かわも》に大きくふってから、ライトを消した。別のボートが近づいてくる音がするまでは、しばらく必要ない。

湿地《しっち》のかなり奥《おく》に入るまでは、航海灯をつけずに暗闇《くらやみ》を進む。夜は、このほうがやりやすい。法律違反《いはん》だけど、闇《やみ》の中では、左右にそびえる木々《きぎ》のほうが道しるべになる。それにライトがあろうとなかろうと、沈《しず》みかけている流木や、沈《しず》んでしまった丸太や杭《くい》にぶつかる危険はつねにある。その点、父さんは子どものころからここに出入りしていて、障害物の場所をすべて把《は》握《あく》しているから安心だ。

「いい夜ですねえ」父さんがお客ふたりに声をかけた。

生いしげる草木のむっとするにおい。その下を流れる、静かな黒い川。今年は九月の後半になってもやけにあたたかく、いまだに低湿地《ていしっち》ではカエルや昆虫《こんちゅう》が鳴いたり動いたりしている。川の奥《おく》にある平和でおだやかな湿地《しっち》は、延々《えんえん》と何キロもつづく——。

顔を上げて、夜空を見つめた。空には雲ひとつなく、星が点々《てんてん》と輝《かがや》いている。

「なあ、トム、ハリケーンはどうなるだろうな？」ホスが父さんにたずねた。

「まあ、こうしてちゃんと来られたわけだし、だいじょうぶじゃないですかね」

「今年はやけに数が多いと思わないかい？」

「フロリダにそれてくれれば、かまいませんよ……。さて、そろそろ、行きますよ」

父さんがボートを加速させ、船体が水面から斜《なな》めに浮《う》きあがった瞬間《しゅんかん》、お客ふたりはベンチシートに座《すわ》ったまま、身をよじって体を支えた。

ぼくは、靴《くつ》ひもがちゃんとほどけているのを確認《かくにん》した。視界を確保するために、ぼくも父さんもいずれ立ちあがることになる。そのとき、もしボートがなにかに衝突《しょうとつ》して、船外に投げだされたら、靴《くつ》を蹴《け》って脱《ぬ》がなければならない。靴《くつ》をはいたままだと、溺《おぼ》れやすいのだ。

ボートが水平になり、ぼくらは風に髪《かみ》をなびかせながら、黒い鏡のような水面をすべるように進んでいった。

湿《しっ》地《ち》のかなり奥《おく》に入りこむまでは、ほかのボートがいるかもしれない。いつもなら、夜のこの時間は湿《しっ》地《ち》をひとりじめできるのだけど、今はワニ狩《が》りのシーズンなので、なんともいえない。ほかのボートのエンジン音がしないかと耳を澄《す》まし、すぐにライトで警告できるよう、スポットライトのスイッチに指をかけておいた。

テンソー川をそれて、せまい支流へと入った。両側に木々《きぎ》がそびえ、枝が張りだしている支流を、父さんは操《そう》舵《だ》輪《りん》をゆるやかに右へ左へと回しながら進んでいく。安定したエンジン音を聞きながら、みんなそれぞれ物思いにふけった。

昔は、父さんといっしょに出かけるのが楽しみでしかたなかった。けれど母さんが家を出ていってからは、すべてが変わった。今では、たとえ父さんがとなりにいても、ひとりぼっちのような気がしてならない。父さんから教わった湿地《しっち》の知恵《ちえ》がむだに思えてしまう。そんなもの、なんの役に立つのだろう——。

「おい、だいじょうぶか？」父さんに声をかけられた。

ぼくは木々《きぎ》を見つめたまま、うなずいた。父さんはぼくがストレスを感じているとわかっているのに、母さんのことしか考えられない。母さんを忘れられないのだ。それが、ぼくには理解できない。母さんのほうは、父さんのことなどとっくに忘れているのに。ぼくだって、できることなら、母さんに二度と会いたくないのに——。

「ボトル・クリークの、あの土塁《どるい》に行ってから、だいぶたっちまったな」

「うん」

昔はよくボトル・クリークで、いっしょに狩《か》りをしたり、魚を釣《つ》ったりした。けれどここ数年は、ぜんぜん行っていない。

初めてボトル・クリーク遺跡《いせき》の土塁《どるい》に連れていってもらったときのことは、今でもはっきりおぼえている。

あれは、六歳《さい》のある午後のこと。平底のジョンボートを低木の茂《しげ》みにつっこんで止め、父さんに肩車《かたぐるま》してもらって、小道へと入っていった。そのまま数キロ進むと、巨大《きょだい》なイトスギとミズナラが屋根のように上空をおおう場所に出て、道が広くなった。ふいに湿地《しっち》が暗くかげって涼《すず》しくなり、奇妙《きみょう》なくらい静まりかえった。響《ひび》くのは、はるか頭上におおいかぶさる枝葉の間から降ってくる、かんだかい謎《なぞ》の鳥の声のみ。カサカサと葉音をたてる、ヤシの仲間のパルメット。コケがついた大きなツタ――。恐竜《きょうりゅう》時代かと思うような光景だった。

そこからさらに八百メートルくらい進むと、薄明《うすあ》かりの中に、土が高く盛られた土塁《どるい》がいくつかあらわれた。ツタにおおわれた土塁《どるい》は神秘的で、太古の昔に迷いこんだ気分だった。最初に通りかかった土塁《どるい》はどれも父さんの腰《こし》くらいの高さしかなかったが、進むにつれてどんどん大きくなり、ついにいちばん高い土塁《どるい》にたどりついた。高さ十五メートルほどの盛り土が、屋根のような樹葉に向かってつきだしている。

父さんはここでぼくをおろすと、土塁《どるい》をのぼりだした。ぼくも父さんを追って、急な坂をのぼった。頂上にたどりつくと、一本の古いビャクシンの木の下に並んで立って、おおいかぶさる樹葉をいっしょにあおぎ見たっけ――。

「よし、左のあそこを照らしてくれ」父さんの声に、我にかえった。

スポットライトをぱっとつけて、前方の川岸を照らした。それだけで父さんは木と木の間の暗いすきまを確認《かくにん》して、うなずき、船首をそっちへゆっくりと向けた。三十分間、迷路のような小川と湿地《しっち》を走ってきたが、今度は速度を調整するスロットルレバーを手前にもどし、スピードを落とす。

ボートは暗いすきまを通りぬけ、支流のボトル・クリークへ入り、木々《きぎ》にとりついて葉を長く垂らしているスパニッシュモスと細長いイトスギの下をゆっくりと、エンジンを低速回転《アイドリング》させて進んでいった。

「さあ、いよいよですよ」と、父さんはお客に声をかけた。「ワニ狩《が》りといきますか!」

3

父さんがエンジンを切り、ボートはボトル・クリークの流れに乗って、黒い水面をすべっていった。ぼくは前に移動し、別のスポットライトをコンセントにつないで、ジムに渡《わた》した。

「これで前方を照らして、水面でオレンジ色に光る目をさがしてください」

ジムとホスが、そろってぼくのほうを見る。ジムがスポットライトで、水面と張りだした木々《きぎ》を照らした。ぼくは船尾《せんび》にもどって、ナマズのとなりの補助椅子《いす》に座《すわ》り、ナマズの首をかいてやった。父さんもコンソールの後ろの椅子《いす》に座《すわ》り、スポットライトでワニをさがしている。

「おふたりさん、ボトル・クリークにあるネイティブ・アメリカンの土塁《どるい》って、聞いたことありますか？」

お客たちは黒い水面を見つめたまま、首を横にふった。

「右側の森の中を行けば、ありますよ。インカ帝国《ていこく》の遺跡《いせき》みたいなものです」

ジムが森のほうへスポットライトを向けたが、みっしりとからみあったパルメットとツタとスパニッシュモスしか見えない。

「こんなところに？」と、ジム。

「ええ。七百年ほど前、クリーク族とチョクトー族の祖先がアラバマ州の中央からこの湿地《しっち》へ、町を作ろうとおりてきましてね。土塁《どるい》が十八、あるんですよ。話によるとその土塁《どるい》には、数百年間にわたって、数千名が暮らしていたそうです。ところがとつぜん、全員、消えちまいました」

「消えたって、いったいなんで？」と、ホス。

父さんは肩《かた》をすくめた。「ときどき、考古学者を案内するんですけどね。南アラバマ大学の学者さんたちが消えた理由をつきとめようと、発掘《はっくつ》しに来るんですよ。その人たちによると、スペイン人の探検家エルナンド・デ・ソトに殺されたんじゃないかって。あるいは、病気にやられたか。要するに、わからないってことです」

「そんな遺跡《いせき》、聞いたことないな」と、ジム。

「まあ、あまり知られてませんからね。なにせ、へんぴな場所にあるもので。道路もなにもありませんし」

「土地はだれのものなんだ？」ジムがさらにたずねた。

「アメリカ政府。〈国定史跡《しせき》〉という金属の古い看板がたってますよ。じつは、二十年前、その看板をたてた役人もお連れしたんですけどね。政府のお役人があそこに入ったのは、それが最後だと思いますよ」

ふたりのお客は木々《きぎ》をじっと見つめている。土塁《どるい》について考えているのだろう。土塁《どるい》について、ぼくはもうじゅうぶん考えた。ワニのことは知ってるし、湿地《しっち》のこともだいたいわかっている。そこで、別のことを考えた――ライザ・ストーバルは、今、なにをしているだろう？　きっと、友だちと出かけているんだろうな。

すぐ近所のライザとは同じクラスで、朝はライザの妹で六歳《さい》のフランシーと三人で、スクールバスで登校している。けれど朝はいっしょでも、ライザにはライザの生活があるし、友だちもいる。そう、週末ごとに日の差さない湿地《しっち》に通うような友だちじゃなくて、ちゃんとした家に住んでいる友だちが――。

母さんが家を出ていくまでは気にならなかったのに、今は〝のけ者〟という言葉が、つねに頭に貼《は》りついている。

「そろそろ、ライトを水面にもどしたほうがいい」父さんがお客に声をかけた。「この角を曲がると、沼地《ぬまち》に出る……。きっといますよ、やつは」

湿地《しっち》の上の木々《きぎ》を、そよ風が揺《ゆ》らす――。おおいかぶさる樹葉が震《ふる》えるのを見て、またハリケーンのことを思いだした。今はまだかなり遠いが、たとえ直撃《ちょくげき》をまぬがれても、接近するだけで、数日間はいそがしくなるだろう。うちのハウスボートだけでなくボート係留所も、ハリケーン対策が必要だ。

流れに乗って角を曲がった瞬間《しゅんかん》、父さんのスポットライトが、十八メートルほど先でオレンジ色に光るふたつの目をとらえた。ナマズがピクッとし、喉《のど》の奥《おく》で低いうなり声をあげる。

「よしよし」ぼくはナマズの頭に手を置いて、なだめた。

父さんがスポットライトのスイッチを切って、床《ゆか》に置いた。父さんもワニに気づいたけれど、お客が見つけられるようにと気をつかったのだ。

ジムがスポットライトを水面に走らせ、オレンジ色の目を通りすぎたが、ぱっとそこへもどった。「あっ、トム、なにかいる！」

父さんは静かに立ちあがった。「ライトはそのままで。ほら、いましたよ」

「でかいな」と、ホス。

「ね、いったとおりでしょ」父さんはそういうと、コート、とぼくを呼んで指示した。「防水ケースから二十二口径を出しておけ。弾《たま》もだ。ホス、あんたの後ろにある深海用の釣竿《つりざお》を持って、船首に。ジムはライトをそのままに」

ホスは深海用の釣竿《つりざお》を持って、船の前方へ移動した。巻いてある釣糸《つりいと》は、四十五キロの荷重に耐《た》えられる。釣針《つりばり》は、突起《とっき》が三ついているサメ用の三本針だ。

「おい、あの目……三十センチくらい、離《はな》れてるぞ」と、ジム。

正確には約二十五センチだ。目と目の間の二・五センチは、ワニの全長の三十センチに相当する。〈名無し〉は体長三メートルなので、目の目の間は二十五センチだ。けれど父さんは、興奮しているふたりに水をさすようなことはいわなかった。

「じゃあ、ホス、やつの背中めがけて釣針《つりばり》を投げて。で、ゆっくりリールを巻きあげて、やつの体に針を引っかける」

「引きよせるのか？」と、ジム。

「いや、やつを疲《つか》れさせるんですよ。さんざん疲《つか》れさせてから、近づいていくんです」

妙《みょう》な方法だけど、捕獲《ほかく》には規制があって、ワニは銛《もり》か釣針《つりばり》でいったん捕《と》らえ、船べりに引きつけてからでないと、撃《う》ってはならないことになっている。

「ボートの中までは、入ってこないよな、な？」と、ジム。

「ええ、入ってきませんよ。ただし、くれぐれも、手をつきだしたりしないように」

今回のお客はワニ狩《が》りにはくわしくないけれど、スポーツマンなので、釣糸《つりいと》を投げるのは上手だった。ホスが投げた三本針は宙で弧《こ》を描《えが》き、ワニの首のすぐ上という、絶好の位置に命中して引っかかった。そのままゆっくりとリールを巻きあげて、糸をピンと張る。

「よし、引いて！」

父さんの指示にしたがって、ホスは釣糸《つりいと》をぐいっと引いた。が、ワニは渦《うず》を巻きながら、川底へ勢いよくもぐった。釣糸《つりいと》が巻きもどされ、釣竿《つりざお》が音をたててしなる。

「うっ、うわっ！」ホスが体ごと引っ張られて、さけぶ。

「ジム、釣糸《つりいと》にライトを」と、父さん。「さあ、みなさん、これからですよ」

4

ホスはワニとの力勝負に挑《いど》み、汗《あせ》だくになっていた。ぼくは見るに見かねて、途中《とちゅう》で水を飲ませ、頭に水をかけてあげた。

その力勝負が三十分におよんだとき、ワニがふたたび水面にあらわれた。老齢《ろうれい》で、黒くて、強烈《きょうれつ》な泥《どろ》の悪臭《あくしゅう》を放つワニとの距離《きょり》は、三メートルだ。

ワニはぼくらを見た瞬間《しゅんかん》、また川底へもぐると、一時間ほど、下流に向かってぼくらのボートを引きずった。その間、ホスは釣糸《つりいと》を一度もたるませず、巻きつづけた。

やがて、さすがのワニも疲《つか》れきり、泳ぐのをやめて、巨岩《きょがん》のように底に沈《しず》んだ。ホスはなおも釣糸《つりいと》を巻きつづけた。ボートが引き寄せられるにつれて、釣糸《つりいと》の角度が急になる。

「ジム、ライトをこっちに渡《わた》して。コート、ジムにライフルを」と、父さんに指示された。

「トム、やつは……力……尽《つ》きたのか？」ホスが苦しげにうめく。

「あと一歩ですよ」

ジムがスポットライトを父さんに渡《わた》す。ぼくは二十二口径のライフルに弾《たま》を一発こめて、安全装置がかかっているのを確かめてから、ジムに渡《わた》した。ホスは釣竿《つりざお》から片手をはなし、シャツのそでで額をぬぐっている。

「じゃあ、このあとの段取りですが、まずホス、あんたがやつを釣《つ》りあげる。そうしたら、やつがボートの脇《わき》にあらわれる。その瞬間《しゅんかん》、ジム、あんたがやつの目と目の間に、すかさず一発撃《う》ちこむ。弾《たま》は一発のみ。しくじったら、やつは怒《いか》り狂《くる》いますよ。いいですね？」

ジムが水を見つめて、うなずく。

「よーし、じゃあ、ホス。体重をかけて、釣《つ》りあげて」

ホスは膝《ひざ》をつき、両股《りょうもも》の間に釣竿《つりざお》をはさんで、リールを巻きはじめた。父さんが、どろっとした水中へのびた釣糸《つりいと》にスポットライトを当てる。その糸がゆっくりと震《ふる》えて、上がりだした。

「安全装置がかかってますよ」ぼくはジムにいった。

ジムがカチッと安全装置を外し、ライフルを肩《かた》にあてて、狙《ねら》いをつける。

と――とつぜん、ワニが黒い丸太のように、ボート脇《わき》にぬっと姿をあらわした。すかさずジムが発砲《はっぽう》する。ワニはビクンとはねあがって、回転した。

「ホス、踏《ふ》んばれ！」父さんが、釣竿《つりざお》を持ったホスにさけぶ。

弾《たま》は目と目の間に命中し、すぐにワニはボート脇《わき》に力なく浮《う》きあがった。

「よーし！　おみごと！　ジム、あんたは下がってくれ。おれとせがれで、やつをしばるんで。コート、ロープを持ってこい」

ぼくは防水ケースから直径約二センチのナイロンロープをとってくると、ホスを押《お》しのけるようにして船べりから身を乗りだし、ロープをワニの首の下にくぐらせようとした。ところがぼくの指がうろこをかすめた瞬間《しゅんかん》、ワニがはねて背中をそらし、こっちへ首をねじった。すさまじいにおいの息がかかり、よだれを垂らした黄色い歯がわっとせまってくる――。とっさに後ろに倒《たお》れたぼくの肩《かた》すれすれで、ワニの獰猛《どうもう》なあごが音をたてて閉じた。

「おい、コート！　なにしてる！」父さんがさけんだ。

ぼくは肩《かた》で息をしながら、冷たいアルミの平底に寝《ね》そべった。頭の中をいろいろな思いがかけめぐり、混乱してぐちゃぐちゃだ。

父さんが、ぼくの手からロープをもぎとった。「クソッ、死にたいのか！」

ワニの動きを止めようと、ホスが釣糸《つりいと》を強く引っ張る。

父さんはかがみこんで、生きているよな、と確かめるようにぼくを見つめると、ふーっと息を吐《は》きだした。

「まったく！　無防備に飛びつくなんて、なにを考えてるんだ！」

なにもいいかえせない。たしかに無防備だった。ワニの反射能力は、死んだあともしばらくつづく。死んでも、油断できないのだ。

「坊主《ぼうず》は、だいじょうぶかい？」ジムが父さんにたずねる。

父さんはうなずいて、ぼくに背を向けた。ぼくに負けないくらい動揺《どうよう》しているのが伝わってくる。

「ああ、だいじょうぶだ……。さて、おふたりさん、ひとまず獲物鑑賞《えものかんしょう》といきますか」

恥《は》ずかしくて、情けない。ミシシッピから来た他人の大人ふたりと、こんなところでワニ狩《が》りなんて、うんざりだ！　いつになく強くそう思った。さっさと家に帰って、眠《ねむ》りたい。

しばらくしてから船尾《せんび》に移動し、ナマズのとなりに座《すわ》って、父さんと大人ふたりがワニの〈名無し〉をボートにくくりつける間、ナマズの背中をなでていた。

ワニをボート脇《わき》にしっかりとしばりつけ、のんびりと引きかえしはじめたのは、真夜中をすぎてからだった。ジムとホスは次々《つぎつぎ》と缶《かん》ビールをあけ、成功を祝っている。さっき、ぼくがあやうく死にかけたことなど、すっかり忘れているらしい。

かんだかい鳥の声が響《ひび》く、闇《やみ》に沈《しず》んだ湿地《しっち》――。ゆっくりとボートを走らせている父さんは、なにかに気をとられている。それがぼくのことか、母さんのことかまでは、わからなかった。

5

翌朝、十時――。父さんが起きだして、コーヒーをいれる音がした。

ぼくはベッドに寝《ね》そべって、天井《てんじょう》の黄色いしみをながめながら、きのうの巨大《きょだい》ワニの口を思いだしていた。

父さんが外に出ていく音がする。

ベッドからおりて、服を着て、キッチンに行った。窓の外に父さんが見えた。甲板《かんぱん》に立って、川を見わたしている。

キッチンカウンターのポータブルテレビをつけて、ハリケーンのニュースを観《み》た。ハリケーンは、メキシコ湾《わん》で巨大《きょだい》な電動丸鋸《まるのこ》の刃《は》のようにぐるぐると回転している。月曜には上陸するらしく、ミシシッピ州メキシコ湾岸《わんがん》のビロクシーに予報円の中心があった。ビロクシーはここから南西に百六十キロほど離《はな》れている。けれど、まだ土曜日だ。進路を変える可能性は大いにある。

テレビを消して、食器棚《しょっきだな》からレーズン入りシリアルの箱をとりだし、シリアルを深皿に入れた。牛乳をとりに冷蔵庫へ向かっていたら、父さんがもどってきて、コーヒーメーカーからコーヒーのおかわりを注いだ。

「父さん、ハリケーンはミシシッピに向かってるよ」

父さんはコーヒーをひと口飲んで、目をこすった。

「そうか」

「ニュース、観《み》る？」

父さんはいろいろ考えごとをしているようなそぶりで、少しの間こっちを見つめた。

「……いや。なるようになるさ」

父さんはキッチンカウンターに寄りかかって、もうひと口コーヒーを飲んだ。まだ、なにか考えているらしい。

「おまえ、きのうの晩は、あやうく腕《うで》を噛《か》みちぎられるところだったんだぞ」

ぼくは、うつむいた。「うん」

「いったい、どうしたっていうんだ？」

そういわれても、肩《かた》をすくめるしかない。

「いいか、あの湿地《しっち》では、つねに頭を使え。すてきな場所だが、ひと皮めくれば地獄《じごく》が待ってる。わかったか？」

「うん」

父さんは、もうひと口コーヒーを飲んだ。

「わかればいい」

「あのさ、いちおう、そろそろ、ハリケーンに備えといたほうがいいんじゃないかな」

返事はない。

「ねえ、父さん？」

「まだ、時間はある。買い物に行ってこないと」

「どのくらいかかる？」

父さんはコーヒーカップを置くと、壁《かべ》の釘《くぎ》にかけた野球帽《ぼう》をとってかぶった。

「さあ。しばらく、だな」


シリアルを食べてから、川岸の上の坂にある舗装《ほそう》していない駐車場《ちゅうしゃじょう》に行った。ナマズがすっと寄ってきたので、しゃがんで頭をなでてやりながら、あたりに目を走らせた。

川へとゆるやかに傾斜《けいしゃ》している、広さ約二万平方メートルの土地。坂をのぼりきったところには、寝室《しんしつ》が三つある、ライザ・ストーバルのレンガ造りの家がある。この一帯は十九世紀の南北戦争の頃《ころ》から代々《だいだい》、ライザのお母さんの家がついできた。苔《こけ》むした常緑のオークの木々《きぎ》の中には、先祖が植えたものもあるらしい。

そのレンガ造りの家から少し下ったところには、納屋《なや》と、釣《つ》りの餌《えさ》を売る餌《えさ》小屋と、草地の駐車場《ちゅうしゃじょう》がある。駐車場《ちゅうしゃじょう》の一部は無料のボート置き場になっていて、お客さんがボートをトレーラーに乗せて置いている。その下には、ボート用のスロープと料金箱。ボートを川におろすときは、料金箱の投入口から五ドルを入れて、スロープを使う仕組みになっている。その脇《わき》には、ボートを係留できる屋根つきの桟橋《さんばし》が二列。月額二十五ドルで、ボートを川に浮《う》かべておける。

ぼくは七年前から、この敷地《しきち》の南端《なんたん》に停泊《ていはく》したハウスボートで暮らしている。停泊《ていはく》場所もボートもずっと同じだ。五年前、ライザのお父さんが癌《がん》で亡《な》くなってから、父さんは無料で停《てい》泊《はく》させてもらうかわりに、この土地の管理を引きうけてきた。主な仕事は草刈《くさか》りだけど、必要におうじて修理もいろいろ引きうけている。川の水位が上がって桟橋《さんばし》が押《お》しながされたり、北風にあおられてボート係留所のトタン屋根が飛ばされたりするのだ。さらに年に二回は砂利《じゃり》を運んできて、土がむきだしになった場所をうめている。こういった雑用にくわえ、お客がボートを川におろしたり、お客がとってきた魚や野生の獲物《えもの》の処理も手伝っている。こうなると自分の土地のような気がしてくるが、うちが持っているのはハウスボートと、その後ろにつないいだ平底のジョンボートだけだ。

　母さんがまだ家にいたころ、父さんはよく家を建てるんだと話していた。母さんがそう望んでいるとわかっていたからだ。実際、ライザのお母さんが坂の上の土地を二千平方メートル売ろうかといってくれたこともあった。けれど父さんは、ハウスボート暮らしでも、かつかつだった。リバーガイドは、あまり稼《かせ》げない。しかも母さんはなまけ者で、自分では働こうとしない。そのくせ、いつもお金の話ばかりしていた。

　母さんは、父さんに変わってほしかった。リバーガイドなど辞《や》めて、町に引っ越《こ》し、もっと稼《かせ》げるふつうの職業についてほしいと思っていたのだ。でもそれが無理なのは、ぼくでもわかる。クリーク族の末裔《まつえい》である父さんは、この湿地《しっち》に強い愛着がある。父さんから湿地《しっち》をとりあげるのは、農民から農地をとりあげるようなものだ。

　立ちあがって、駐車場《ちゅうしゃじょう》をつっきり、二年前に父さんがぼくのために作ってくれたバスケのゴールへと向かった。ネットは破れ、かろうじて引っかかっている状態だ。支柱はだれかがボートトレーラーをぶつけたせいで、わずかに曲がっている。

　泥《どろ》まみれのボールを拾って泥《どろ》を落とすと、一歩下がって、バックボードに向かって投げた。ボールはきれいにリングを通過し、地面に落ちたが、鈍《にぶ》い音をたてただけで、バウンドしなかった。

「バスケの練習、再開するの？」ライザの声がした。

ふりかえったら、ライザが坂を下ってくるところだった。いつも清潔で、はつらつとしていて、悩《なや》みなどなさそうに見える。

「いや」

ライザが近づいてきて、金髪《きんぱつ》を両耳にかけた。幼なじみだけど、一年前からは、そばにいるとふつうでいられない。緊張《きんちょう》して、そわそわする。ずっといっしょにいたいと思っているくせに、いっしょにいたくないなどと思ってしまう。

「そのボール、空気を入れなくちゃね」

ぼくは顔をしかめた。

「うん、あとは、練習後のお迎《むか》えを見つけないとな」

「だから火曜日と木曜日なら、吹奏楽《すいそうがく》の練習の後で、うちの車に乗せてあげるってば」

ぼくはうつむいて、テニスシューズのつま先で地面をこすった。

「うん、わかってる。でも、ほかの日はどうしようもないだろ」

「なんとかなるわよ、コート。あなた、本当にバスケが上手なんだもの」

「どうかな。まあ、父さんと母さんの問題が片づいたら、なんとかなるかも」

「今日は出かけないの？」

「うん、とくに予定はなし。ハリケーンのことがあるから、父さんがもどってくるのを待ってるところなんだ」

「ハリケーン、来ると思う？」

「ニュースだと、ビロクシーに上陸する可能性が高いんだって。そうすると、ここはハリケーンの東側になる。父さんによると、ハリケーンの東側は最悪らしいよ」

「なにか手伝おうか？」

「それがさ、まだなにをすればいいかもわからなくて。父さんは買い物でいないし」

「じゃあ、ランチに来てよ。ママがパスタを作るから」

「朝食を食べたばかりなんだ。きのう、遅《おそ》くまで出かけててさ」

ライザがいつものように口の端《はし》をちょこっと曲げて、かわいらしくほほえんだ。それを見るだけで、気分が明るくなる。

「ふふっ、ランチも食べちゃおうよ、ね、コート」

ぼくは、ライザにほほえみかけた。

「うん、わかった。じゃあ、ひととおり点検したら、すぐに行くよ」

6

餌《えさ》小屋に立ちより、小魚の水槽《すいそう》のポンプが正常に作動していて、餌《えさ》のコオロギもたっぷりあることを確かめた。さらにボート係留所をざっと見わたして、引っかかったり、横に傾《かたむ》いていたりするボートがないことをチェックし、すべて異状なしと確かめてから、ストーバル家まで歩いていった。

ドアをノックしたら、ライザの妹のフランシーがあけてくれた。どこに行くときでも持ちあるいている人形のエルモを持っている。

「やあ、フランシー」

「コートの分も、ちゃんととってあるよ」

「ありがとう」

フランシーについてキッチンに行くと、流しで鍋《なべ》をふいていたライザがほほえみかけてきた。となりでは、ライザのお母さんがカウンターに身を乗りだして、買い物リストを書いている。

ライザのお母さんは、いつもおだやかで冷静だ。うちの母さんとは、ぜんぜんちがう。父さんがライザのお母さんと結婚《けっこん》してくれたら、このレンガ造りの家でみんないっしょに、ふつうの家族のように暮らせるのに、とたまに思う。

「あら、コート、どうぞ召《め》しあがれ」ライザのお母さんが声をかけてくれた。

「ありがとうございます」

「座《すわ》ってて。持っていってあげる」と、ライザ。

キッチンテーブルについたら、ライザが山盛りのパスタの皿を運んでくれた。ライザに見つめられながら、パスタをがつがつと食べた。ライザのお母さんは牛乳のコップを持ってきてくれ、またカウンターにもどると、話しかけてきた。

「ねえ、コート、ここはだいじょうぶよね？」

ぼくは、パスタを飲みこんで答えた。

「川の水がここまで来ることはないと思いますよ。窓は、板でふさいだほうがいいかも。ぼくと父さんでやりますよ」

「たしか納屋《なや》の裏に、ベニヤ板が何枚か、まだあると思うけど」と、ライザ。

ぼくは、牛乳をぐいっと飲んだ。

「うん。それで、足りるよ」

ライザの妹のフランシーがとなりの椅子《いす》によじのぼり、テーブルにあごを乗せていった。

「ねえねえ、コート、ナマズはどこ？」

「外でフランシーが来るのを待ってるよ」

「今日も、くさい？」

「たぶん。風呂《ふろ》に入れないとだめかも」

ライザのお母さんを見たら、あきれて目を回した。

フランシーは椅子《いす》からおりて、ドアに向かいながらいった。

「そうよね。あの子、ナマズじゃなくて、クサ犬だわ」

ぼくとライザは声をあげて笑った。

「あらま。一回のお風呂《ふろ》じゃだめそうね」と、ライザのお母さんもいう。

フランシーが外に出ていく音がした。ぼくはもうひと口食べてから、ライザのほうを向いた。

「今日の午後の予定は？」

「ローラの家に行くくらいかな」

ライザはボート係留所の仕事に追われるぼくの気持ちを知っているので、遊びの予定を立てていても、くわしくいわずにさらりと流す。たぶん学校の友だちと集まるのだろう。みんなで夜に映画を観《み》に行くとか、おもしろい場所に出かけるとか、ふつうのティーンエイジャーらしいことをするにちがいない。

「ねえ、コートのお母さんはどうするの？」ライザが話題を変えた。

ぼくは、パスタをゴクリと飲みこんだ。「どうするって？」

「ハリケーン対策よ」

「さあ。どうでもいいよ」

ライザのお母さんがまゆをひそめてこっちを見てから、またカウンターへ視線をもどす。

「母さんまでは手が回らないよ。それでなくても、やることがたくさんあるし」

「コート、お父さんといっしょにうちに泊《と》まってもいいのよ」と、ライザのお母さん。

車の音がし、窓の外を父さんのトラックが通りすぎていくのが見えた。

「あっ、もどってきた。父さんにそういっておきます」

「ハリケーンにハウスボートは危ないわ」とライザ。

残りのパスタをかきこんで、キッチンテーブルから立ちあがった。

「母さんの家に泊《と》まるつもりはないよ。じゃあ、父さんを手伝ってくる」

ライザのお母さんが、パスタの皿を受けとってくれた。

「おいしかったです。ごちそうさまでした」

「いつでもいらっしゃい。よかったら、夕飯も食べに来て」

ぼくはうなずいて、ドアへと向かった。

「またな、ライザ」

「じゃあね、コート」

7

ライザと初めて会ったのは、おたがい五歳《さい》のときだった。それまで、うちのハウスボートは数キロ下流のライブオーク係留所に止めていた。ところが父さんによると、その土地が売却《ばいきゃく》されてしまった。新しい地主はハウスボートをすべて追いはらい、岸をきれいにしたがったらしい。父さんとライザのお母さんのリンダは小学校以来の幼なじみで、ずっと家族ぐるみのつきあいがあった。そこで父さんはライザのお父さんのジェリーと賃貸契約《ちんたいけいやく》を結んで、上流のここに移ってきたのだった。

ライザのお父さんのジェリー・ストーバルは、父さんと同じくらいの年齢《ねんれい》だった。松林にかこまれたアラバマ州北部で育ち、リンダと結婚《けっこん》して、この係留所を引きつぐことになった。父さんはジェリーのことを「公明正大で信頼《しんらい》できる人」だといっていた。エネルギッシュな父さんとくらべると、ジェリーは感じがいいけれど、退屈《たいくつ》な人のようにぼくには思えた。

係留所の管理につきものの細々《こまごま》とした雑用をこなすお父さんを、ライザが岸辺で追いかけていたのをおぼえている。大きなバケツの上に座《すわ》ったり、草にぺたんと座《すわ》ったりして、顔にかかる髪《かみ》を払《はら》いながら、いつもお父さんにくっついていた。そしてやさしく話しかけてくるお父さんに、うなずいたり、ほほえんだり、声をあげて笑ったりしていた。家にもどるとき、お父さんはライザに腕《うで》を回して、引きよせていた。うちの父さんもぼくに同じようにするけれど、ライザのお父さんの場合は、話す言葉が人の心により深くとどくような気がした。

近所に同い年の子どもがいなかったので、ぼくはライザとよく遊んだ。遊び相手が女の子でも、気にならなかった。母さんに煙《けむ》たがられるので、ぼくはたいてい外で遊んでいたのだが、ライザはぼくのやることにいつも興味を持ってくれた。よくふたりで小川や係留所のまわりの森を探検したり、ライザのお父さんを手伝ってレンタル品を修理したり、餌《えさ》小屋で働いたりした。オタマジャクシを集めたり、ポンプ室でお店屋さんごっこをしたり、のろのろと湿《しっ》地《ち》の草を食べている黒くて大きいバッタをつっついたりと、ふたりでたわいのない遊びもした。

ライザのお父さんはボート係留所の経営についていろいろ勉強していたけれど、うちの父さんのように川育ちではないので、湿《しっ》地《ち》の生活を知らなかった。ライザは湿《しっ》地《ち》の暮らしにすごく興味を持ってくれたので、ぼくは父さんから教わったことを教えるのが楽しくてしかたなかった。

ライザはタフだ。なんでもありのままに受けいれて笑い飛ばせる性格は、本当にすごいと思う。ほかの女の子のようにわけのわからないことをいったり、いらついたりしない。

けれどお父さんのジェリーが亡《な》くなると、すべてが変わってしまった。ライザはお父さんが亡《な》くなっても、声をあげて泣いたりしなかった。それどころか、どんどん静かになっていき、その目から好奇心《こうきしん》の輝《かがや》きが消え、黒いバッタや探検に興味を示さなくなった。川岸までおりてくることがあっても、妹のフランシーの様子を見に来るか、あるいは伝言を伝えに来るときだけだった。

あるとき、ライザはぽつんといった。「あたし、引っ越《こ》したいな」

ショックだった。あのころは、ほかの場所に住みたいとは考えもしなかったし、ライザのいない生活なんて想像がつかなかった。

「なんで?」

「なにを見てもパパを思いだすから」

そのあとしばらくはライザたちがいなくなると思いこみ、ライザの引っ越《こ》しが病気のようにぼくの体の中に巣くっていた。たとえここに残りたくても、ライザのお母さんが係留所を経営しながら子育てするのは無理だというのは、わかっていた。

「こんな場所、リンダはさっさと売っちゃえばいいのに」と、うちの母さんはいっていた。「お金だけもらって、よそに行けばいいのに」

「でもなあ、代々《だいだい》、受けついできた土地だぞ。リンダが育った土地だし」と、父さん。

「だから、なによ？」

母さんは、ライザ一家が土地を売りはらうのを期待していたんだと思う。そうすれば、ぼくらもハウスボートを停泊《ていはく》させられなくなって、川から陸に移らざるをえなくなるからだ。

けれど父さんが係留所の管理を請《う》けおうと、急にすべてがうまく回りはじめた。父さんは賃《ちん》貸料《たいりょう》をふやすために、ボートを係留させる桟橋《さんばし》まで作った。

「リンダはスーパーで働くより、ここを貸すほうが金になる。家で子どもの面倒《めんどう》も見てやれるしな」という父さんに、母さんはいった。

「そりゃそうよ。仕事は全部、こっちに丸投げなんだから」

ぼくは、母さんが父さんを不幸にする以外のことをするのを、一度も見たことがない。それでも父さんは、母さんになにをいってもむだだとわかっていたので、あのときもだまってうなずくと、外に出ていった。

今のところ、ライザ一家がどこかに引っ越《こ》す気配はない。それでも、ぼくはよく思う。ひょっとしてライザは、お父さんを亡《な》くしたせいで、川への興味を失ってしまったのかな、と。

8

父さんはハウスボートからジョンボートに、クーラーボックスをひと箱、移しているところだった。

「おい、今までなにしてた？」

「父さんを待ってたんだよ」

「まったく、なんでもかんでも、おれがいないとだめなのか？　流し釣《づ》りの糸を回収しに行くぞ」

父さんは機嫌《きげん》が悪いらしい。母さんが家にいたころの父さんは、母さんが出かけていても上機嫌《じょうきげん》で、いちいち子どもみたいに興奮しながら、次から次へと飛びまわっていた。母さんがそばにいて、自分の奥《おく》さんでいてくれれば、それだけで幸せだった。今の父さんは、家を出ていった母さんに魂《たましい》を引きぬかれてしまったみたいだ。

ジョンボートをハウスボートにつなぎとめるロープを解いて、ジョンボートに乗った。と同時に、父さんがエンジンをかけて上流にくりだす。目ざすは、川の砂州《さす》をつっきるように、釣《つり》針《ばり》つきの釣糸《つりいと》をピンと張っておいた場所だ。物干しロープを想像してほしい。約百八十センチごとに六十センチの糸がずらりと垂れているロープだ。そのどの糸にも先端《せんたん》に釣針《つりばり》がつけてあって、たいていはボラかウナギの肉が餌《えさ》として刺《さ》してある。刺《さ》した肉の量はボラのほうが多いが、ウナギの肉のほうがしっかりしていて、釣針《つりばり》に長く残る。とはいえ、ナマズは――うちの犬じゃなくて、本物の魚のナマズだ――なんにでも食らいつく。固形石けんを餌《えさ》に釣《つ》ったこともあるくらいだ。

父さんがボートをゆっくりと川岸に寄せる。ぼくは、砂州《さす》をつっきるロープの端《はし》をつかんだ。ぼくがつかんだ端《はし》は一本の木の幹に、反対側の端《はし》はコンクリートブロックにしばって、川の中に固定してある。ロープが手の中で震《ふる》える手応《てごた》えから、少なくとも一匹《ぴき》はかかっているのがわかった。

父さんがエンジンを切って腰《こし》をおろす。ぼくは一本目の釣針《つりばり》へと、ロープをたぐってボートごと移動した。

「父さん、なにかいるよ！」

父さんは返事しなかった。

なにが釣《つ》れていてもおかしくない。カメ、サケ、カレイ、サメ。ワニまで釣《つ》ったことがある。いちばんほしいのは、ナマズだ。ナマズを売れば、少しはもうかる。けれど父さんは、こういう流し釣《づ》りは割に合わないという。父さんによると、その昔、じいちゃんとよく流し釣《づ》りをやったので、今でも仕掛《しか》けると若いころを思いだすのだそうだ。

そういえば、父さんがぼくに大事な話をしたのは、いつも静かな川で、ふたりきりで、釣針《つりばり》から魚をゆっくりと外しているときだった気がする。

一本目の釣針《つりばり》を引きあげたら、なにもかかっていなかった。釣針《つりばり》をロープから外して、脇《わき》に置いたプラスチックの小さな箱に入れ、次の釣針《つりばり》へとロープをたどった。二本目の釣針《つりばり》を引きあげた瞬間《しゅんかん》、三キロ弱のナマズが一匹《ぴき》はねているのが見えた。ナマズをボートに引きいれ、オールで甲板《かんぱん》に押《お》しつけた。

「おい、気をつけろよ」

「うん」

ナマズの口から釣針《つりばり》を外し、ひれを包みこむようにしてつかみ、クーラーボックスに落とすと、またロープをたどった。

「今夜の客はキャンセルになった」

「ハリケーンのせい？」

「ああ。ハリケーンといったって、せいぜいこの川を濁《にご》らせて、洪水《こうずい》で獲物《えもの》を追いはらうだけだろうに」

次の釣針《つりばり》には、なにもかかっていなかった。釣針《つりばり》をロープから外し、次の釣針《つりばり》へと向かった。

「ねえ、父さん、ハリケーンのとき、動物たちはどこへ逃《に》げるの？」

「さあなあ。大半は死ぬんじゃないか。あるいは、どこか高いところにでも逃《に》げるんだろうよ」

想像してみた。湿地《しっち》の中にぽつんと浮《う》かぶせまい高台に、これでもかとひしめきあう、大量の野生化したブタたち――。

「この川で父さんが見た、いちばん奇妙《きみょう》な光景ってなに？」

「ん？　奇妙《きみょう》？」

「奇妙《きみょう》な動物とかさ。なんでもいいよ」

父さんは、しばらくだまっていた。答える気がないのかと思いはじめたころ、ようやく口をひらいた。

「うん、ヘビだな。そいつは口から一匹《ぴき》のナマズの頭をつきだし、背中からナマズのひれが飛びだしたまま、この川を泳いでたんだ」

「ええっ、ほんとに？」

父さんは、うなずいた。

「どのくらい、その状態だったのかな？」

次の釣針《つりばり》には、小ぶりのナマズがかかっていた。ナマズを針から外して、クーラーボックスに入れる。

「さあなあ。動物の生命力は、そりゃあ、すさまじいからな」

父さんが、またたまりこむ。その間にぼくは、さらに三匹《びき》のナマズを釣針《つりばり》から外して、クーラーボックスに入れた。

「あのさ、父さん。母さんは帰ってこなくていいよ。母さんのことは、もう放っておけば」

「おまえの母親だろうが」

「父さんとふたりだけで暮らしたい。母さんは、もっと遠くに引っ越《こ》せばいいんだ」

「いろいろと事情があるんだ」

「母さんは、父さんに来てほしくないっていってたよ」

「女ってのはな、自分の本心が見えなくなることがあるんだよ」

「なんで、母さんにこだわるわけ？」

父さんのほうをふりかえったら、父さんは顔を見られたくないのか、そっぽを向いていた。

ぼくは、ロープをたどる手を止めた。

「父さん、なんでだよ？」

「女房《にょうぼう》だから。家族だからだ」

「母さんは、文句しかいわなかったのに」

父さんはわざとらしく咳《せき》をして、顔をぬぐった。

「おれはな、ねばり強いんだ」

「ねばったってしかたないこともあるよ」

「ねばり強いのは、うちの血だ。おまえも、その血を引いてるんだぞ！」

父さんが、嚙《か》みつくようにいう。ぼくはうつむいて、だまっていた。

すると、父さんが気まずそうにため息をもらす音がした。

「母さんはな……昔からあんなだったわけじゃない」

ぼくは顔を上げて、また父さんを見た。

「うちは、やっていけるよ。父さんとふたりだけで」

父さんは顔をしかめて、川を見わたした。

「とにかく、おれにまかせてくれ……。この話は終わりだ」

流し釣《づ》りのロープを回収し、ハウスボートまで持ちかえった。甲板《かんぱん》でナマズの皮をせっせと剝《は》いでいると、父さんが無言で通りすぎ、トラックに乗って走りさった。ぼくは父さんを見送ってから、船室に入った。

テレビのニュースによると、大型ハリケーンのイゴールはミシシッピ州のビロクシーに上陸したらしい。すでにルイジアナ州、ミシシッピ州、アラバマ州、フロリダ州に非常事態宣言が出されていた。湾岸《わんがん》の住人は必需品《ひつじゅひん》を手に入れようとガソリンスタンドやスーパーマーケットで列をなし、北へ向かうハイウェイは避難《ひなん》する車で大渋滞《じゅうたい》。南へ向かうのは、強盗《ごうとう》や空き巣から店や家を守る兵士と非常食を積んだ州軍のトラックだけだ。

テレビを消して、ナマズの皮剝《かわは》ぎを終わらせるために甲板《かんぱん》にもどった。

9

日曜の朝——。起きだしてシリアルを深皿に入れた。父さんは、まだ眠《ねむ》っている。テレビをつけっぱなしにして、外に出た。二台のピックアップトラックがそれぞれボートを引きあげるため、スロープをバックしているところだった。すでに六隻《せき》が引きあげられている。

背後に人の気配を感じてふりかえると、父さんがいた。眠《ねむ》れなかったのか、しきりに目をこすっている。

「うちも、そろそろ準備しないとな」

「ぼくは、なにをしたらいい？」

「先に納屋《なや》に行っててくれ。あとからトラックで行くから、ベニヤ板を積んで、ストーバル家に運ぼう」

納屋《なや》へ向かっていると、ライザと妹のフランシーが教会に行くため、車に乗りこむのが見えた。おそろいの黄色い服を着て、頭に緑のリボンをつけている。坂の上に二羽のカラフルな鳥がいるみたいだ。ライザが手をふってきたので、片手をあげて挨拶《あいさつ》した。

午前中は父さんといっしょに、厚さ十二ミリの大きくて重いベニヤ板を何枚もライザの家までトラックで運んで、窓に打ちつけた。重労働だったけど、かまわない。父さんがそばにいてくれて、準備が着々《ちゃくちゃく》と進むので、気が楽だ。

ひと休みしてランチをとり、ピーナッツバターとジャムのサンドイッチをハウスボートで食べた。空は青い。川面《かわも》も、たまにそよ風が吹《ふ》いてきてさざ波が立つくらいで、静かだ。ニュースで観《み》たあのハリケーンがすぐそこにせまっているとは、とても思えない。

けれど晴れていても、係留所は緊張《きんちょう》が高まりつつあった。ボートの持ち主がぞくぞくとやってきて、桟橋《さんばし》やボート置き場からせっせとボートを移動しているのだ。だれもがあせった様子で、長居したくないらしく、あまりしゃべらない。

「父さん、このハウスボートはどうする？」

「今、考え中だ」

「支流のどこかに停泊《ていはく》させるとか？」

「こいつを川上に動かすのは、ふたりじゃ無理だ」

「じゃあ、嵐《あらし》がおさまるまで、ライザの家に泊《と》まる？」

「うん、まあ、そうだな」

「ライザの家の発電機がちゃんと動くかどうか、確認《かくにん》しないと」

「ああ。それと、ここから荷物を全部運びだして、ガレージに置かせてもらわないとな」

「お客がとりに来ていないボートは、どうする？」

父さんは桟橋《さんばし》のほうを見てから、駐車場《ちゅうしゃじょう》のボート置き場へと視線を移した。

「桟橋《さんばし》にあと二隻《せき》……。ガントとブレークのか。あのふたりなら、そのうち来るだろう。駐車場《ちゅうしゃじょう》に置きっぱなしのボートは、折れた木につぶされないように祈《いの》るしかないな。ま、川の水も、あそこまでは行かんだろう」

父さんは残りのサンドイッチを口の中に放りこんで、立ちあがった。

「よし、じゃあ、桟橋《さんばし》の屋根にのぼって、南側の板に釘《くぎ》を打って補強しておこう。南側が、いちばんやられるからな」

納屋《なや》から釘《くぎ》と金槌《かなづち》を二本取ってきた。父さんは、すでに桟橋《さんばし》の屋根にはしごをかけている。

ふたりで屋根の上にあがり、トタン板のつなぎ目にそって釘《くぎ》を打ちつけた。

ここから見る川の景色は、昔から好きだ。川音が聞こえるし、川の真ん中で声を震《ふる》わせて鳴くヘラサギも見える。風がわずかに強くなって、髪《かみ》が乱れるけれど、ごくありふれた秋の午後だ。

ふと顔を上げたら、カーター家のステーションワゴンが坂を下ってくるのが見えた。車は駐《ちゅう》車場《しゃじょう》で止まると、カーター家所有の平底のボートへとバックした。長さ七メートル弱、ヤマハの二百二十五馬力、四サイクルのエンジンがついたスカウト社製のボートは、この係留所でいちばん高額な最新ボートだ。雨よけにオーダーメードの厚地のカバーがかけてあるものの、野ざらしなのは前から気になっていた。

「ボートのことなど、すっかり忘れちまったのかと思ってた」と、父さん。「あのボートが浮《う》いているのを最後に見たのは、いつだったかな」

助手席からジェイソン・カーターがおりてきて、ボートを乗せているトレーラーとステーションワゴンをうまく連結できるよう、運転席の父親を誘導《ゆうどう》しはじめた。ライザと同じく、ジェイソンも八年生のクラスメートだ。ジェイソンは父親が金持ちなうえに、バスケチームのキャプテンで、なにをやらせてもそつなくこなす。ぼくらの学年でいちばんの人気者なのは、まちがいない。

ジェイソンが顔を上げて、ぼくに気づいた。

「よう、コート、どうしてる？」

「今は、ハリケーン対策に追われてるよ」

ジェイソンは、なにもかも手に入れているように見えた。こうして係留所にボートを置くことで、ぼくの生活の一部も手に入れている。そのことは、とくに気にならなかった——去年ジェイソンが、学校の秋のダンスパーティーにライザを誘《さそ》うまでは。それからはジェイソンを見るたびに、嫉妬《しっと》で顔がかっと熱くなる。

「今年、うちのチームはすべり出しが好調でさ」と、ジェイソン。「残念だよ、いっしょにプレイできなくて」

「まあ、来年にでも」

ちくしょう、ライザをダンスに誘《さそ》えばよかった——。でも、誘《さそ》えなかった。ライザとの関係がこじれるのがこわくて、誘《さそ》えなかったのだ。その結果、あの日ぼくはハウスボートから、カーター家のステーションワゴンがライザの家の前に止まり、ジェイソンが玄関《げんかん》に行って、おめかししたライザを連れだすのを、指をくわえて見ているしかなかった。あのときは、もう二度とライザに会えなくなるかと思った。

その翌日、ジェイソンとつきあっているのかとたずねたところ、ライザは「まさか」と答えた。そんなことはありえないような口ぶりだった。その瞬間《しゅんかん》、自分がそれ以上知りたくないと思っていることに気づいたのだった——。

ジェイソンがライザの家のほうを見上げて、たずねてきた。「ライザは？　いる？」

「いや」

「あとで電話するって、伝えておいてくれないか」

ぼくは、うなずいておいた。ジェイソンはどこへでもすっと入りこめるし、なんでも自分の好きにできる。ぼくにはどうしようもないことだ。

ジェイソンのお父さんが車とトレーラーを連結させて、ジェイソンといっしょに車にもどっていった。

「じゃあ、コート、ハリケーンが落ちついたら、また学校で」

「うん。またな」

遠ざかっていくステーションワゴンを、父さんがちらっと見ていった。

「やっぱり母さんに、バスケの練習の送り迎《むか》えをしてもらえばいい。話してみるよ」

「あてにならないよ、母さんは」

「本当はおれが行ってやりたいんだが、働かないと食えないからな。いつも午後は川に出てるんだ」

「わかってるって。いいよ、もう」

その晩――。タイヤのきしむ音が、坂の上から聞こえてきた。砂利道《じゃりみち》をおりてくる車のヘッドライトが見える。車は川のすぐ手前で止まった。小学校時代からずっと父さんと友だちのカーリー・スタンソン保安官の車だ。

カーリー保安官はエンジンをかけっぱなしで、車からおりてきた。片方のほっぺたを、たくさんのひまわりの種でふくらませている。種の殻《から》を砂利道《じゃりみち》に向かってペッと吐《は》くと、パトカーのルーフ越《ご》しにぼくをしげしげと見た。ドアがしまっていないと警告する音が、静かな夜の闇《やみ》にひそやかに響《ひび》く。

「よう、コート」

「こんばんは、保安官」

「ハリケーンの準備はできてるかい？」

「今、やってます」

「親父《おやじ》さんは？」

「出かけてます……たぶん、通りの先に」

保安官はまゆをひそめて、また殻《から》を吐《は》いた。

「ハウスボートは、どうするんだい？」

「さあ。父さんは考え中だっていってますけど」

「まさか、残るつもりじゃないよな」

「ストーバルさんの家に泊《と》めてもらうことになると思います」

保安官は、うんうん、とうなずいた。

「親父《おやじ》さんは、州知事が避難《ひなん》命令を出したのを知ってるのかい？」

「伝えてはあります。でも、強制じゃないんですよね？」

「ああ。ただし災難に見舞《みま》われても、だれも助けちゃくれないよ。自己責任ってやつだな」

「たぶん、わかってると思います」

「そうかい。まあ、今の状況《じょうきょう》を全員に知らせるのが仕事なんでな」

ぼくは、うなずいた。

「それと、学校は休みだ。ま、わかってると思うけどな」

「はい」

保安官は、また殻《から》を吐《は》きだした。

「じゃあ明日、暴風雨がやってくる前に、もう一度、様子を見に来るよ」

保安官はパトカーに乗りこんで、走りさった。上のストーバル家の前でブレーキランプが灯《とも》り、保安官が車をおりて玄関《げんかん》に向かうのが見える。

ぼくはナマズを見おろして、声をかけた。「そろそろ、寝《ね》るとするか」

床《ゆか》に敷《し》いた使い古しの毛布の上にナマズを移すと、ベッドに寝《ね》そべって天井《てんじょう》を見上げた。船体のきしむ音、外のチャプチャプという水の音――。まもなく暴風が吹《ふ》き荒《あ》れ、川が氾濫《はんらん》するなんて、うそみたいだ。

準備不足だと、直感がつげている。まだ荷物を運びだしていないし、発電機を動かしていない。ハウスボートを安全な場所に移すことすらしていない。そのすべてをハリケーンが来る前に終えられるとは、とても思えなかった。

10

月曜の朝――。ハリケーンはあいかわらず百六十キロほど離《はな》れているけれど、すでに気配は感じられた。

空はどんよりとし、雲が東から西へ妙《みょう》な具合に流れていた。空気はよどんで、じめっとしている。テンソー川の水位はふだんの最高水位線より九十センチほど上がっていた。水は重く、やけに静かで、なにかに耐《た》えているみたいだ。

川上をのろのろと飛んでいる数羽のカモメのキーキーという鳴き声しかしない。魚がはねる音も、葉が震《ふる》える音も、カラスの鳴き声もしない。動物たちはせまりくる危険を察知して、どこかへ逃《に》げてしまったらしい。おかげで、川もその奥《おく》の湿地《しっち》も不気味に静まりかえっている。

時刻は、もうすぐ朝の八時。父さんは、今朝もまだ眠《ねむ》っている。

ハウスボートから桟橋《さんばし》へとおりて、ボート係留所をながめわたした。フランシーの高い声にふりかえると、スロープのそばでナマズにじゃれているのが見えた。フランシーがこっちに気づいて、ナマズを指さし、声をあげて笑った。

「この子、エルモを乗せてくれないの！」

人形のエルモを背中に乗せようとするフランシーを、ナマズはよけていた。フランシーのお遊びにがまんはしても、つきあうつもりはないらしい。

栈橋《さんばし》を渡《わた》って川岸へと向かい、フランシーに声をかけた。

「遠くに行っちゃだめだぞ。もうすぐ嵐《あらし》だからな」

フランシーはふたたびナマズに近づき、またしてもよけられた。

「フランシー、座《すわ》ってごらん。そうしたら、ナマズのほうから近づいてくるよ」

フランシーがすなおに座《すわ》り、エルモを膝《ひざ》に乗せる。ぼくは、坂の上へと歩きだした。

ライザがドアをあけてくれた。まだパジャマ姿だ。「今日は、学校は休みよ」

「うん、わかってる。でも、やることがたくさんあってさ」

ライザについてキッチンに向かった。窓を板でふさいだので、家の中はやけに暗くて、ひっそりとしている。ライザのお母さんが、頭にタオルを巻いて廊下《ろうか》から入ってきた。

「おはよう、コート。朝ごはん、食べる？」

「はい」

「今朝の我が家《わがや》は、のんびり屋さんなの」

「ぜんぜん、かまいませんよ。うちの父さんも朝寝坊《あさねぼう》です」

ライザが冷蔵庫をあけて、のぞきこんだ。

「うーん……コート、なにがいい？」

「べつに、なんでもいいよ」

ライザは卵のパックとベーコンのパックをとりだして、キッチンカウンターに置いた。お母さんのリンダがライザの横をすりぬけて、コンロにフライパンを置き、バーナーに火をつける。

「ねえ、コート、フランシーを見かけた？」

「はい。ナマズと遊んでますよ」

キッチンテーブルについた。ライザが向かいに座《すわ》る。

「あたし、今日は手伝えるわよ。なんでもいって」

「町まで行って、缶詰《かんづめ》と水を買ってくるわ」と、ライザのお母さん。「ほかに、いるものはある？」

「懐中《かいちゅう》電灯の電池と、ガスランタンのマントルをいくつか買っておいたほうがいいです」マントルというのは、ランタンの炎《ほのお》にかぶせて光を放たせる、筒《つつ》型の道具だ。「あと、防虫剤《ぼうちゅうざい》もいりますね」

ライザのお母さんが細長いベーコンを数枚フライパンに並べると、すぐにベーコンがジュージューパチパチとはねた。キッチンにおいしそうなにおいが広がるにつれて、ハウスボートでの寒い冬の朝が頭に浮《う》かぶ。

窓という窓が氷におおわれ、ガスヒーターがシューシューと音をたてて部屋《へや》をあたためている、ハウスボートの冬の朝。まだ母さんがいたころは、父さんが家族三人分の朝食を作ってくれたっけ――。その父さんも、だいぶ前から料理はいっさいしなくなった。

朝食のあと、ライザのお母さんは椅子《いす》の背にかけていたレインコートと、食器棚《しょっきだな》に置いてあった財布《さいふ》をとった。屋根を打つ雨音がする。ドングリがふたつ、屋根にぶつかって転げおちた。

「フランシーが遠くに行かないように見ててね」

「はい。ライザとふたりで、目を離《はな》さないようにします」

ライザのお母さんが玄関《げんかん》へと向かっていく。ぼくは立ちあがり、皿を流しに運んだ。ライザがキッチンカウンターに来て、皿を洗いはじめる。

「父さんが起きてるかどうか、見てくるよ」

「うん。お皿を片づけて、着がえてから、手伝いに行くわ」

「レインコートを着ろよ。雨が降りだしたみたいだし」

11

外に出たら、雨がぱらぱらと降っていた。スロープのほうを見ると、一台のトラックが、桟《さん》橋《ばし》の七番に止めてあった平底ボートを引っぱりあげている。運転手のブレーク・コートに片手をあげて挨拶《あいさつ》したら、ブレークも、よお、とハンドルから指を一本立てて挨拶《あいさつ》してくれ、そのまま坂をのぼっていった。

坂の下にもう一台、ピックアップトラックが止まっていた。フランシーは桟橋《さんばし》のそばで、エルモを腕《うで》にかけて立っている。坂を下っていくと、フランシーがボートを引きあげる客をながめているのがわかった。

その客、ガントが声をかけてきた。「コート、備えは万全《ばんぜん》かい？」

「まだ途中《とちゅう》です」ぼくはそう答えて、フランシーのほうを向いた。「エルモといっしょに家に入らないと。ママは買い物に出かけたけど、ライザがいるよ」

「ねえ、コート、嵐《あらし》はいつ来るの？」

「もうすぐだよ」

「間に合わないかもしれないぜ」と、ガント。

「ええ、ほんとに。さあ、フランシー、お行き」

フランシーが家へと走っていく。ナマズはフランシーを見送ると、ぼくにすりよってきた。

「手伝いましょうか？」ガントに声をかけた。

「いや、いい。それより、おたくのハウスボートをどうにかしたほうがいいんじゃないかい」

「ですよね。じゃあ、がんばって」

「おう、コート、おまえさんもな。気をつけろよ」

ハウスボートへもどると、父さんがハウスボートのポーチで川を観察しながらコーヒーを飲んでいるのが見えた。近づいていくと、父さんはカップをおろして、こっちを向いた。

「濡《ぬ》れちまうな」

「とりあえず、係留所のボートは、お客が全部引きあげたよ」

「あと一隻《いっせき》、うちのが残ってるぞ。うちのジョンボートをスロープまで持ってきてくれ。トラックをおろしてくるから」

ぼくはジョンボートの係留ロープをほどき、エンジンをかけて、スロープへと運んだ。スロープに着くころには霧雨《きりさめ》になり、野球帽《ぼう》を目深《まぶか》にかぶって父さんを待った。数分後、父さんがボートトレーラーをつけたトラックでやってきた。ぼくはジョンボートをトレーラーに乗せてから、ボートに乗りこみ、ボートごと父さんのトラックに坂の上まで引っ張ってもらった。父さんはライザの家の裏手に回り、ライザのお父さんの古いボート——センターコンソール艇《てい》だ——のそばにトラックを止めた。ぼくがボートから飛びおりて、トレーラーを外すと、父さんはトラックでハウスボートへと引きかえしていった。

ボートに雨水がたまらないよう、排水用《はいすい》の栓《せん》を抜《ぬ》いていると、ライザが裏口にあらわれた。レインブーツにレインコートで、フードをかぶっている。

「ねえ、コート、そこだと木が倒《たお》れてきたりしない？」

「そうならないよう、祈《いの》るのみだね。お母さんの車、ガレージにしまわなきゃならないだろ。そうすると、この二隻《せき》を入れるスペースはないんだ」

「パパのボートは、ほっといてもかまわないのに」父親の古いボートをながめながら、ライザがいった。

「こいつは、まだまだ走るぞ。一カ月前に乗ったばかりだ」

ライザは、疑うようにボートを見ている。ぼくは、さらにつけくわえた。

「七十馬力のこいつは、がんじょうなんだよ」

「ふうん……フランシーはアニメを観《み》てるわ」と、ライザ。「あたし、なにを手伝えばいい？」

「じゃあさ、そろそろ、うちの荷物をここに運びたいんで、手伝ってくれるかな。父さんがボートで荷物をチェックしていると思う」

「レインコート、着ないの？」

今のぼくは、膝上丈《ひざうえたけ》のジーンズに古いTシャツ、テニスシューズをはいて、野球帽《ぼう》を目深《まぶか》にかぶっている。レインコートがあればいいが、なにを着てもどうせ濡《ぬ》れる。

「これでだいじょうぶだよ」

午前中いっぱい、父さんは釣《つり》道具や身の回り品、衣類を運びだして、甲板《かんぱん》に積んだ。霧雨《きりさめ》の中、ぼくとライザはそれをピックアップトラックの荷台に運び、びしょ濡《ぬ》れにならないよう、防水シートをかけた。荷台が満杯《まんぱい》になると、ライザは助手席に、父さんは後ろの席にそれぞれ座《すわ》り、ぼくがライザの家のガレージまでトラックを運転した。到着《とうちゃく》すると、また三人で荷物をガレージの中に運びいれ、壁《かべ》ぎわに積んだ。

昼前にライザのお母さんがもどってきて、サンドイッチを作るから家の中に入ってくれ、と声をかけてくれた。そのころには突風《とっぷう》が吹《ふ》き荒《あ》れ、ミズナラを揺《ゆ》らし、ドングリが次々《つぎつぎ》と落ちて、餌《えさ》小屋のトタン屋根をたたく音が聞こえた。

ガレージには、ライフルをのぞくすべての荷物を運びこんだ。二丁のライフルだけは、父さんがトラックの銃架《じゅうか》に残した。

「父さん、ハウスボートはどうする？」

「まだ、考え中なんだ。とりあえず大事な物は、だいたい運びだしたな。あとは冷蔵庫の中身だけだ。とりだして、氷で冷やしておかないと。停電したら全部腐《くさ》っちまう」

ライザのお母さんが、ガレージまでタオルを持ってきてくれた。全員、頭と顔をタオルでふいて、濡《ぬ》れた靴《くつ》を脱《ぬ》いでからキッチンに向かうと、ライザのお母さんがハムとチーズのサンドイッチを作っているところだった。

「店はどこも品薄《しなうす》でね。はるばるベイミネットのスーパーまで行かなきゃならなかったわ」

「氷と、発電機用の燃料もいるんだが」と、父さん。

「ガソリンなら買ってきたわよ。車のトランクに置きっぱなしだけど。買うのに一時間、並んだわ」

「さすが、手回しがいい。コートに運ばせよう。発電機がちゃんと動くかどうか、確かめておかないとな。あとは氷が手に入れば、ありがたいんだが」

簡単なランチをとったあと、またハリケーン対策に追われた。

「次はなにをすれば?」と、ライザが父さんにたずねた。

「懐中《かいちゅう》電灯と電池を、できるだけ集めてくれないか。それと、ガスランタンを全部ガレージから運んできて、新しいマントルをつけてくれ。やり方はわかるかい?」

「はい、わかります」

「手伝うよ」と、ぼくはいった。

「ランタンに燃料を入れておいてくれ」

父さんは、ライザのお母さんにも声をかけた。

「リンダ、ポンプが止まって水に困らないよう、浴槽《よくそう》と洗濯機《せんたくき》にたっぷり水を入れておいてくれ。おれはハウスボートの準備にとりかかる。外がおかしくなってきたからな」

12

ライザを手伝ってガスランタンにマントルをつけてから、父さんの様子を見にハウスボートへもどった。

雨で川の水位はじわじわと上がっているが、いまだに流れは速くない。巨大《きょだい》なほうきで掃《は》くように、突風《とっぷう》が濁《にご》った水面にさっと吹《ふ》きつけ、そのたびにハウスボートがキイキイときしんで揺《ゆ》れる。ナマズはハウスボートのポーチからこっちを見ていた。

「おーい！」父さんの声がした。

声のしたほうをふりかえると、父さんは坂の途中《とちゅう》にいた。一本のミズナラの大木の横に立っている。

「船首からロープをとってきてくれ。ボートを陸の上の木につなぐぞ！」

船首と船尾《せんび》にそれぞれ太さ二センチ半の重いロープを結びつけると、もう一方の端《はし》を川岸から六メートルほど坂をあがったところに立っている二本のミズナラのそれぞれの幹に結びつけた。午後いっぱい、ぬかるみに足をすべらせ、雨風にさらされながらの作業だった。

つづいて、ハウスボートを固定している杭《くい》の調節にとりかかった。ハウスボートには、長さ三メートル、太さ八センチほどの亜鉛《あえん》メッキした杭《くい》が、ボートの四隅《よすみ》にある鉄の輪に通してある。杭《くい》はボートから細長い脚《あし》のようにのびて、川底につきささり、ボートを安定させているのだ。ボートが揺《ゆ》れて川岸に接近しても安全なように、杭《くい》の長さを調節した。

ハウスボートのハリケーン対策がすべて終わったと父さんが納得《なっとく》してから、いっしょに小さな発電機をトラックの荷台に運びこんだ。ストーバル家の発電機ほど大きくないし、パワーも弱いが、予備電源にはなる。坂の上まで運んで、ガレージに移し、ライザのお母さんの車の後ろに置いた。

「コート、餌《えさ》小屋の水の栓《せん》をしめておけ。もしパイプが破損したら、水浸《みずびた》しになっちまう。それと納屋《なや》の裏に回って、桟橋《さんばし》の電気のブレーカーを落としといてくれ。万が一、電線が切れても、感電しないようにな」

ぼくは、わかった、とうなずいた。

そのとき、ガレージの入り口にライザがあらわれた。レインコートを着て、退屈《たいくつ》そうな顔をしている。

「ほかにお手伝い、あります？」

ガレージの外のトラックのほうへ向かいながら、父さんが答えた。

「じゃあ、延長コードをできるだけ集めて、発電機のそばに置いておいてくれないか」

「わかりました」

雨の中、父さんはトラックに乗ってドアをしめると、砂利《じゃり》をこするようにして車を走らせた。

ぼくも、外へ出た。「あっちに行ってくる」と、肩越《かたご》しにライザに声をかける。「あと少しだから」

「うん、ナマズを連れてきてね！」

わかったよ、とライザに手をふった。

日差しはほとんどなく、さらに暗くなりつつあった。餌《えさ》小屋の水栓《すいせん》をしめ、ブレーカーを落とすと、ハウスボートにもどって、父さんといっしょに冷蔵庫の中身や残りの物をトラックに積んだ。それを坂の上に運んでガレージにおろすと、また引きかえして、最後にもう一度、ハウスボートの中を点検した。父さんはキッチンの真ん中に立って、空っぽになった床《ゆか》をしばらくながめてから、ポーチの電池式照明のスイッチを入れた。

「うん、やることはやったな。ここの電球は、遠くからでも見えるよう、つけっぱなしにしておくぞ。陸から引っ張ってる電気のケーブルは抜《ぬ》いて、坂のほうへ引きあげておこう」

家具と備え付けの器具以外、なにもなくて、変な感じだ。濡《ぬ》れて泥《どろ》だらけのナマズは、自分には関係ないといわんばかりに、ソファでくつろいでいた。

「コート、ナマズもあっちの家へ連れていってくれ……。氷が手に入らないか、さがしに行ってくる」

「もう、店はどこもしまってるんじゃないの?」

父さんは窓の外に答えがあるとでもいいたげに、雨を透《す》かしてしばらく川を見つめてから、ドアへと向かった。

「さあ、どうだろうな」

父さんを見送ってから、ナマズを見た。

「ほら、おいで。行くぞ」

ナマズは聞こえなかったかのように動かない。でも、耳はピクッと反応していた。

キッチンを見まわすうち、壁《かべ》にかかった一本のロープが目にとまった。それを外して、片端《かたはし》をナマズの首輪にしばり、もう片端《かたはし》を輪にして自分の手首に巻きつけた。

「離《はな》れたくないのは、わかるけどさ。今夜、ここにはいられないんだよ」

ロープを引っ張ると、ナマズは行くもんかといわんばかりにこっちを見た。このハウスボートは、ぼくだけでなく、ナマズにとっても家なのだ。しかもナマズは、もう何年もここ以外で寝《ね》たことがない。

「あのなあ、おまえのためにいってるんだぞ。さあ、行こう」

ロープをまた引っ張ると、今度はソファをおりてついてきた。

そのままナマズを甲板《かんぱん》に連れだして、ドアをしめた。

13

ナマズを最初に見つけたのは、じつはライザだった。川岸のクワの木にのぼっているとき、森から小走りに出てきた一匹《ぴき》の犬に気づいたのだ。その日、ぼくは木の下で、ライザが枝を揺《ゆ》らして落とすクワの実を集めていた。

「コート、犬よ」ライザは、よくあることのようにいった。

ふりかえると、うす汚《よご》れた黄色い犬がつったって、ぼくをじっと見ていた。

「首輪はしてないよ。あっ、しっぽをふってる」

「ここからだと見えないわ。飼ったら？」

「まさか！　病気持ちかもしれないし」

「じゃあ、放っておけば」

ひたすらぼくを見つめる犬の視線に、なぜか心を惹《ひ》かれる——。飼ってみようかと思った。泥《どろ》だらけだし、毛にイバラがからみついているけれど、危険な気はしない。水たまりでどろんこになった、いたずらっ子みたいだ。

「飼ったほうがいいかなあ?」

「おりるから、待って」

ライザなら、ためらうことなく飼うに決まってる。そうしたら、こいつはライザのものになる――。急に、なにがなんでも、自分の犬にしたくなった。

「いや、いい!」木の上のライザに向かってさけんだ。「決めた!」

その日から、ナマズはぼくのあとをついてまわるようになった。ぼくにとってナマズは、一日の始まりと終わりにかならず会う友だちになった。父さんと母さんのことを話せるのも、ナマズだけだった。ライザのお父さんが亡《な》くなるまで、父さんと母さんの仲がそんなにこじれているとは気づかなかったたし、気づいたころにはライザと気楽に話せる状況《じょうきょう》ではなくなっていた。すべてを打ちあけられるのは、ナマズだけだった。

ただの犬だけど、ナマズがそばにいてくれると、寂《さび》しさが少しやわらいだ。


ガレージのドアを換気《かんき》用にあけておけ、と父さんにいわれたのを、ちゃんとおぼえていた。それに停電したら、ガレージのシャッターをあけられなくなる。

ナマズのロープをライザのお母さんの車のバンパーにしばりつけ、毛布を一枚床《ゆか》に敷《し》いて、寝床《ねどこ》を作ってやった。けれどナマズは哀《あわ》れっぽく鳴いて、毛布に横になろうとしない。ハウスボートに帰りたくてたまらないのだ。

「よしよし、ここでもだいじょうぶだから、な」

ナマズをなだめてから、びしょ濡《ぬ》れの服を脱《ぬ》いで、タオルで体をふくと、ハウスボートからゴミ袋《ぶくろ》に入れて持ちだした膝上丈《ひざうえたけ》の古いカーキ色のパンツとTシャツに着がえた。

発電機がちゃんと動くかどうか確かめていないことを思いだし、ライザのお母さんの車からガソリンの入った容器を運びだした。発電機の燃料タンクを満タンにして、エンジンオイルを確認《かくにん》し、スターターのひもを勢いよく引く。一発でエンジンがかかったので、すぐに切った。

ふと出入り口に人の気配を感じてふりかえったら、フランシーがいた。

「ねえ、コート、終わった？」

「うん……たぶん」深呼吸して、答えた。

「じゃあ、双六《すごろく》ゲーム、しようよ」

「すぐに行くよ」

フランシーは家の中にもどっていった。「コートは終わったって！」とつげる声がする。

少しの間、外を見ながら立っていた。すっかり暗くなって、もう川は見えないが、雨の中にぼうっと浮《う》かぶハウスボートの黄色い照明はなんとか見える――。

ん？　なにかおかしい。電球が水平に並んでいない。ハウスボートが傾《かたむ》いているらしい。ミズナラにつないだロープの片方が短すぎて、傾《かたむ》いているのか？　だとしたら、いずれハウスボートに水が流れこみ、水の重さでボートがロープから外れてしまう。まずい！

防水ケースから携帯《けいたい》無線機を引っ張りだして、スイッチを入れた。

「もしもし、父さん？」

しばらく待ったけれど、応答はない。首をふりながら、無線機をクリップでベルトにとめた。

家の中に入ると、ライザとフランシーがリビングの床《ゆか》でゲームを始めていた。ライザのお母さんは洗濯室《せんたくしつ》で洗濯機《せんたくき》に予備の水をためながら、洗濯物《せんたくもの》をたたんでいる。マツの木の太い枝が窓ガラスをこすり、松ぼっくりと細い枝が屋根をたたく。

「準備は万全《ばんぜん》？」ライザに声をかけられた。

「どうかな。父さんが氷の買い出しに行ったままで……ハウスボートの様子が変なんだ」

「お父さん、きっとすぐにもどるわよ」

どうだか、と、ぼくは顔をしかめた。

まさか、母さんの家に行ってるんじゃないよな。今は、それどころじゃないのに――。

14

ハリケーン・イゴールの端《はし》が湾岸《わんがん》に侵入《しんにゅう》してきたとき、ぼくはライザ一家とともに、巨大《きょだい》ハリケーンが盛大にまきちらす雨や木々《きぎ》を揺《ゆ》らす風の音を聞きながら、キッチンテーブルをかこんでいた。

「父さん、とっくに帰ってきてもいいはずなのに」

「もう一回、連絡《れんらく》してみたら？」と、ライザ。

ぼくは首をふった。「ぜんぜん、応答してくれないんだ」

「もしかして、風に飛ばされちゃったのかも」と、フランシー。

ライザのお母さんが立ちあがった。「フランシー、寝《ね》る時間よ」

「でも、もしコートのお父さんが木の上に飛ばされちゃったら、どうするの？」

「そんなことないわよ。さあ、お部屋《へや》に行きなさい。ママもすぐに行って、お布団《ふとん》をかけてあげるから」

フランシーはエルモを引きずって、廊下《ろうか》へと消えていった。

「氷がなかなか見つからないのかもしれないわね」と、ライザ。

「母さんのところに行ってるんだ……わかってるだろ」

「お母さん、そばにだれかいてくれるほうが心強いんじゃない？」と、ライザのお母さん。

「ハウスボートがすでに傾《かたむ》いているみたいで。ぼくひとりじゃ、動かせないんですよ」

ライザのお母さんはテレビのそばに行って、しばらく天気予報を観《み》た。

「暴風雨になるまで、あと二時間くらいありそうね。まだ、端《はし》にかかっているだけだから」

「父さんは、ここにいなきゃいけないのに」

ライザのお母さんは、深いため息をついてからいった。

「ひとまず、フランシーを寝《ね》かしつけてくるわ。そのあと、お父さんを迎《むか》えに行ってくる。十五分もかからないはずよ。なんなら、お母さんもいっしょにここに来ればいい」

母さんと会いたくないなんて、いっている場合じゃない。父さんは、ライザ一家まで危険にさらそうとしている――。父さんへの不安が、初めて怒《いか》りに変わった。

「そこまですること、ないですよ」

「でもね、コート、もし行くなら、まだ外が大荒《おおあ》れになっていない今のうちよ」

余計な心配をしてるんじゃないかと、考えなおしてみた。でも、ハウスボートはぜったいいおかしい。もしハウスボートを失うようなことになったら、それこそ一大事だ。

「そうですよね……。お願いします」

ライザのお母さんはフランシーを寝《ね》かしつけに行き、数分後にもどってくると、レインコートと懐中《かいちゅう》電灯を持って、玄関《げんかん》に向かった。

「ナマズに気をつけてください！　車の後ろに結びつけてあるんで」

「どかしておくわ」

「ママ、気をつけてね」と、ライザ。

こんなときに出かけるなんて、と胸騒《むなさわ》ぎがしたけれど、父さんなしでハリケーンを乗りきることのほうがもっと不吉《ふきつ》な気がした。


ライザのお母さんが出かけたあと、ライザといっしょにテレビのニュースを観《み》た。台風の目が上陸するまで、あとわずか数時間。暴風雨の海岸から中継《ちゅうけい》しているレポーターは、強風にレインコートをはためかせながら、マイクにかがみこんでいた。その背後では、見るからに荒《あら》い波が、防波堤《ぼうはてい》にぶつかっては砕《くだ》け散っている。

一時間後、電話が鳴って、ライザが出た。

「うん……。家にこもってる。ううん、だいじょうぶ、寝《ね》てるわ。わかった。じゃあ、ママ、気をつけてね。こっちも気をつけるから」

ライザが受話器をこっちに差しだした。

「お父さんが話をしたいって」

「もしもし、父さん？」

「そっちは無事か？」

「まあ、今のところは」

「じつは川が増水して、橋が水をかぶっちまって、そっちにもどれなくなった。おまえにがんばってもらうしかなさそうだ」

「なんで無線に出ないんだよ？」

「バッテリー切れだ。ここに電話してくれ」

「母さんのところ？」

「ああ」

ぼくは、深呼吸してつづけた。

「父さん、ハウスボートの様子がおかしいんだ。まっすぐ浮《う》いてない。しかも川はまだ増水してるし」

「できるだけのことはしたさ」

「片方のロープを切って、杭《くい》を抜《ぬ》かないと、いけないんじゃないの」

「いいから、近づくな。もしロープがいびつに引っ張られているのなら、切るのは危険すぎる」

「発電機をどう配電盤《はいでんばん》につないだらいいか、わからないよ」

「それは心配ない。停電したら、照明と急速冷凍庫《れいとうこ》を延長コードにつなぐだけでいい。冷蔵庫のドアは、できるだけぴっちりとしめておけ。そうすれば、しばらく冷やしておける」

父さんは、電話の向こうでだまって、ぼくの言葉を待っている。

頭の中に次々《つぎつぎ》と質問が浮《う》かんできた。たぶん父さんには、どれもたいしたことはないのだろう。ふと、ききたいことが多すぎて、とても質問しきれないことに気づいた。しかも、電話はじきに通じなくなる。

急に怒《いか》りがこみあげてきて、おさえきれなくなった。

「父さん、いいから帰ってきて！　なんで、ここにいないんだよ！」

「帰るつもりだったんだが、少し遅《おく》れちまって。母さんがひとりきりだし――」

「母さんは大人だろ！　こっちは子どもだぞ！　もし、ハウスボートになにかあったら、どうするんだよ？」

「まあまあ、落ちつけ。おまえなら乗りきれるさ。おまえのほうが、おれより頭がいいんだから。頭を使って、みんなを守るだけでいい」

息とともに怒《いか》りを吐《は》きだし、気を落ちつけながら、床《ゆか》を見つめた。

「もしもし、コート？」

「なんだよ？」嚙《か》みつくようにいった。

「心配するなって。だいじょうぶだから」

「なにがだいじょうぶなんだよ！」

「とにかく家の中にこもって、頭を使え」

ぼくは顔をこすって、ため息をついた。

「どうがんばっても、帰れないの？」

「明日、できるだけ早くもどるさ」

「わかった」

「なにかあったら、電話してくれ」

「無線、充電《じゅうでん》しといてよ。停電する前に」

「ああ、わかった。じゃあな」

切ってからも、電話を見つめて立ちつくしていた。

「ママが心配してたわ」と、ライザ。

「だよな。おれもだよ……。とにかく、家の中にいよう。フランシーの様子を見てきてくれないか。ママが出かけていることは、ないしょにしておこう」

ライザが廊下《ろうか》に消えていく。

ぼくは、またテレビを観《み》た。すでにハリケーンの東風がメキシコ湾《わん》からモービル湾《わん》へ、上流の川や湿地《しっち》へと吹《ふ》きつけている。天気予報によると、ここは台風の目をとりかこむ積乱雲の壁《かべ》の東にあたる。ハリケーンの暴風がいちばん強く吹《ふ》きつけてくる場所だ。このあとも川はさらに増水し、雨と風も強まってくる。

台風の目が通りすぎると、今度は風向きが変わり、西風が吹《ふ》きつけてくる。ハリケーン・イゴールもいずれ北東へと進路を変え、モービル川とテンソー川にはさまれた三角州《さんかくす》の先端《せんたん》を通過するだろう。大量の雨水がなおも南へ流れつづけるので、台風が北へ去っていっても、洪水《こうずい》は数日間つづくことになる。

なのに、ぼくの父さんもライザのお母さんも、すぐには帰ってきそうにない。

15

ライザがフランシーの部屋《へや》からもどってくると、ぼくはテレビを消した。ハリケーンのニュースは、もうさんざん観《み》た。あとは家にこもって、何事もないように祈《いの》るしかない。

「フランシーは？」

「だいじょうぶ。いっしょに寝《ね》てもいいよって、いっておいたわ」

「懐中電灯《かいちゅう》は、渡《わた》してある？」

「うん。そばに置いて寝《ね》てる」

ライザは本棚《ほんだな》からボードゲームのモノポリーをとってきた。

「いっしょにやらない？」

「うん、いいよ」

ゲームのカードとお金を並べるライザと向かいあって座《すわ》り、ふいに、はっとした。今夜ひと晩、ライザとふたりきりだ――。そう思うと、悪くない気がしてくる。

ライザの顔をしげしげと観察した。なんてかわいいんだろう。ぼくのことをどう思っているのか、気になる。ライザは、ぼくよりはるかに性格がいい。たぶんジェイソンのような子をボーイフレンドにするんだろうな。ハウスボートで暮らしている子なんて、相手にするわけがない――。

ライザがゲーム用のお金を並べおえて、顔を上げた。

「コート、駒《こま》はいつもの車？」

「うん」

ライザが車の駒《こま》をボードに置くと、自分用に帽子《ぼうし》の駒《こま》を置いた。

「ハウスボートに住むのって、おかしいかな？」

ライザがぼくを見た。「すてきだと思うけど」

「でもさ、大人になったら？　大人になっても、ハウスボートに住みたい？」

「うーん、どうかしら」

「ときどき、ちゃんとした家に住みたいって思うんだ」

「いつか、住めるわよ」

ライザがさいころを手にとり、ボードの上に転がす。ぼくは、ライザの顔を見つめた。

「なあ、昔、ムササビを見つけたのをおぼえてる？」

ライザはにっこりとほほえんだ。

「うん、おぼえてる。一匹《ぴき》ペットにしたいって、いってたわよね。でも、結局つかまえられなかった」

「一日中、追いまわしたよな」

「ムササビが大きすぎたのよ」

「うん。ムササビは、赤んぼうのうちにつかまえないと無理だな」

「ナマズを見つけたのも、あなたよ」

「いや、そっちだよ」

「見かけたのはあたしが先だけど、あなたのほうになついたのよね」

「あいつ、ライザのことも好きだよ」

ライザは、帽子《ぼうし》の駒《こま》を〈刑務所見学《けいむしょ》〉のマスに進めた。

「刑務所《けいむしょ》見学、か。つまんないの。コートの番よ」

「今でも引っ越《こ》したいと思ってる?」

「えっ?」

「ここを離《はな》れるってこと。前に、引っ越《こ》したいって、いってただろ」

「はるか昔の話よ」

「でも、気が変わったとは一度もいってないよな」

ライザはゲームのボードを見つめている。でも、ゲームのことを考えているわけじゃない。

「それにさ、最近はもう、昔みたいに川べりに来なくなったし」

「昔とはちがうのよ」

「でも、ライザの家は代々《だいだい》、この土地を引きついできたんだろ」

ライザは、顔を上げてこっちを見た。

「もう、家があるとはいえないわ……家族が、そろっていないもの」

ライザの言葉が胸につき刺《さ》さった。すべていわなくても、いいたいことはわかる。

「引っ越《こ》せば……どうにかなるのか？」

ライザが答えたくないと思っているのが、伝わってくる。答える必要もない。

とそのとき、轟音《ごうおん》となにかが砕《くだ》ける音が響《ひび》き、照明が点滅《てんめつ》して、ぱっと消えた。

16

真っ暗闇《くらやみ》の中、家にたたきつける雨風の音を聞きながら、じっと座《すわ》っていた。

「とりあえず、おさまったな」

ライザが手をのばして、ぼくの腕《うで》にふれた。

「なにも……見えない」

「ママ！」奥《おく》の寝室《しんしつ》でフランシーがさけぶ。

「だいじょうぶ！」ライザが声を張りあげた。「フランシー、今、行くから。懐中電灯《かいちゅう》をつけて！」

ぼくは立ちあがって、いった。

「キッチンカウンターにも、懐中電灯《かいちゅう》があったよな。そいつを見つけて、発電機を動かしてくるよ」

懐中電灯《かいちゅう》を探《さぐ》りあて、ガレージに行って発電機を動かし、その発電機に延長コードをつないでから、コードの反対側の端《はし》を持って家の中にもどった。ライザはフランシーと手をつないで、リビングの真ん中に立っていた。

「ほら、ね。コートが明かりをつけてくれるわ」

「ママはどこ？」と、フランシー。

「ミセス・ドラクロワの様子を見に行ってるの」

「いつ、もどってくるの？」

「ママに電話する？」

「うん、する」

「ちょっと待ってて」ぼくは、フランシーに声をかけた。「すぐに電話を使えるようにするからな」

キッチンカウンターの上にあるコンセントに延長コードをつなぎ、まず冷蔵庫とふたつの照明のプラグ、つづいて電話機のプラグを延長コードのコンセントにつないで、受話器をライザに渡《わた》した。

「コート、番号はわかる？」

「いや。着信メモリーでチェックして」

ライザは番号を見つけて電話をかけ、お母さんを呼びだし、こっちは無事だと伝えてから、フランシーに代わった。話の内容はわからないが、お母さんの言葉でフランシーは落ちついた。

ガスランタンをすべて持ってきて灯《とも》し、ガレージとすべての寝室《しんしつ》にひとつずつ置いた。ライザの寝室《しんしつ》にランタンを置きに行くころには、ライザはフランシーといっしょにベッドに入り、懐中電灯《かいちゅう》の明かりで本を読んでやっていた。ベッド脇《わき》のテーブルにランタンを置くと、フランシーがランタンをちらっと見て、ほっとしたように布団《ふとん》にもぐった。

「ランタン、好き？」とたずねたら、フランシーはにこっと笑ってうなずいた。

「うん。キャンプみたい」

「ありがとう、コート」と、ライザ。

「ガレージに行ってくる。ナマズの様子とハウスボートの具合を見てくるよ」

「ちゃんと餌《えさ》をあげてよ」

命令口調のフランシーに、ぼくはほほえみかけた。

「はいはい。なにか食べさせるよ」

ナマズは立ったまま、外の嵐《あらし》を不安そうに見つめていた。ライザのお母さんがガレージのドアレールに結びなおしたロープを目一杯《めいっぱい》引っ張って身を乗りだし、雨に濡《ぬ》れそうになっている。

遠くでは、ハウスボートの黄色い明かりが鈍《にぶ》い光を放っていた。

「よしよし、なにを見てるんだい？」

ナマズは哀《あわ》れっぽい声で鳴き、なおも暗闇《くらやみ》を見つめている。ガレージに置いておいた袋《ふくろ》のひとつからドッグフードをとりだして、皿に入れてやった。

「ほら、ごはんの時間だよ」

けれどナマズは、ランタンの光がとどかない闇《やみ》の奥《おく》に気をとられている。

ドッグフードを入れた皿を床《ゆか》に置いて、ナマズに近づいた。ひざまずいて首をかいてやり、吹《ふ》き荒《あ》れる風とたたきつける雨に目をこらした。

闇《やみ》に目が慣れてくると、銅像のようにじっと立っている一頭の雌《め》ジカが見えた。人家のこんな近くでシカを見たのは初めてだ。そのシカは、すっかり混乱しているようだった。

「そういうことだったのか」

ナマズがロープを引っ張って、身震《みぶる》いし、また哀《あわ》れっぽく鳴く。

そのとき、ふいにひらめいた。そうか、動物たちが湿地《しっち》を追われている！

シカ、野生化したブタ、クマ。ほかにも、外になにがいるかわからない。すべての動物が命がけで逃《に》げているのだ。

17

午後九時半ごろ――。まだだれも寝《ね》ていない。雨風はあいかわらず、ぼくらを狙《ねら》うかのように、家にたたきつけてくる。

フランシーはライザの寝室《しんしつ》のテレビでアニメを観《み》ている。ライザはリビングで読書中。ぼくはリビングの床《ゆか》でうたた寝《ね》をしていた。ガレージでは発電機が低い音を響《ひび》かせながら、嵐《あらし》から身を守ってくれるこの家に明かりを灯《とも》し、ささやかな安心感を与《あた》えてくれている。

「ねえ、コート、シカはなにをしてたのかしら？」

「ただ、立ってただけじゃないかな。とまどっているみたいだったし」

「何頭ぐらいが溺《おぼ》れることになると思う？」

「さあ。けっこうな数じゃないかな。たしか前回のハリケーンのあとは、動物たちの亡骸《なきがら》が一週間、川に浮《う》かんでいたよ……全部、ワニたちが食いつくすまでは」

「もしかしたら――」

とつぜん、ガラスの割れる音につづき、フランシーの悲鳴が聞こえた。瞬時《しゅんじ》にはね起きて、ライザの寝室《しんしつ》へと駆《か》けだしたら、廊下《ろうか》でフランシーとぶつかったので、抱《だ》きあげてぎゅっとしてあげた。

「うん？　どうした？」

フランシーはヒステリックに泣きわめいて、答えられない。ライザが寄ってきて、フランシーを抱《だ》きとり、やさしく話しかけながらリビングにもどっていった。

ライザの寝室《しんしつ》に入ると、マツの大枝が一本、カーテンを貫《つらぬ》いて部屋《へや》の中へ飛びこんでいた。濡《ぬ》れたガラスの破片《はへん》がカーペットの上で光り、雨水が壁《かべ》を伝っている。リビングにいるふたりの様子を見にもどると、ライザがソファでフランシーを抱《だ》っこし、よしよしと軽く揺《ゆ》すっていた。フランシーはパジャマから、左右のポケットに赤いハートが縫《ぬ》いつけられたジーンズとTシャツに着がえていた。片方のポケットから、懐中《かいちゅう》電灯がのぞいている。

「窓ガラスが割れたんだ。枝がベニヤ板をつきやぶってる」

「窓ガラスが割れただけだって」ライザがフランシーにそっという。

「こわいよう」

「だいじょうぶ、だいじょうぶよ」ライザはこっちを見て、あきらめの表情を浮《う》かべた。「もう寝《ね》ないって。だから、着がえたの」

「ママに会いたい」

「まだ帰ってきてないのよ」

「寝《ね》たくない」

「うん、いいよ」ぼくもフランシーに声をかけた。「ここで、いっしょにいよう」

「これから、どうなっちゃうの？」

「べつに、なにも起きないよ」と、ぼくはフランシーにいった。「風が吹《ふ》いて、雨が降るだけだよ」

「ナマズは？　だいじょうぶ？」

「うん。心配ないよ」

「ナマズを見てきたい」

どうしようとライザを見たら、とくに止めなかったので、フランシーにいった。

「いいよ、見に行って。ただし、ドアのそばから話しかけるだけにするんだよ」

フランシーはライザの膝《ひざ》からおりて、ガレージへと向かった。

ライザが、なにか問いたげにこっちを見る。

「ドアのそばに立っているだけなら、濡《ぬ》れないよ」

ぼくはそういったけれど、ライザは立ちあがった。

「あたし、やっぱり、ついていくわ」

キッチンから粘着《ねんちゃく》テープとビニールのゴミ袋《ぶくろ》を一枚持ちだして、ライザの寝室《しんしつ》にもどると、ガラスの破片《はへん》を踏《ふ》みつけながら、マツの大枝を外に押《お》しだした。シャツを脱《ぬ》ぎ、手にかぶせて指をかばいながら、窓枠《わく》に残っていたぎざぎざのガラスを拾う。さらに二十分かけて割れた窓をゴミ袋《ぶくろ》でふさぎ、テープでとめて、床《ゆか》のガラスを掃除《そうじ》した。すべて終わると、キッチンにもどり、シンクでシャツをふってガラスの破片《はへん》を落としはじめた。

そのとき――「コート！」ライザのさけび声がした。

即座《そくざ》にシャツを放りだし、ガレージへと駆《か》けだした。途中《とちゅう》、廊下《ろうか》でライザとぶつかった。ライザはびしょ濡《ぬ》れで、恐怖《きょうふ》で目を見ひらいている。

「ナマズが逃《に》げたの！　フランシーの手首に、ロープが……ロープが！」

「フランシーはどこ？」

「外！　姿が見えないの！　声もしない！」

18

「フランシー！」嵐《あらし》の中に飛びだして、声を張りあげた。

けれどその声は、ティッシュペーパーのように軽々《かるがる》と風に吹《ふ》きとばされた。ライザが背後から走ってきて、ぼくの肩《かた》に片手を置く。ふりかえったら、雨の中、怯《おび》えきった顔が目に飛びこんできた。

「下を見てくる！」

大声でそういうと、ライザに腕《うで》をつかまれた。下のほうから、木がミシミシときしみ、折れて倒《たお》れるすさまじい音が聞こえてきた。

「ライザ、家にもどれ！」

ライザはとりあわず、ぼくを前に押《お》しだした。いいあらそっているひまはない。

目を腕《うで》でかばい、ハウスボートの明かりをさがしながら、坂をおりはじめた。後ろは見ないが、ライザはきっとついてきている。

突風《とっぷう》が吹《ふ》きつけ、雨粒《あまつぶ》が冷たい散弾《さんだん》のように、むきだしの肌《はだ》に当たった。なにも見えないが、記憶《きおく》をたよりに、暗闇《くらやみ》の中を進んでいく。

ハウスボートの明かりが見えるはずなのに――。不安のあまり、胸が苦しくなった。明かりがない！

ふりかえると、すぐ後ろにライザのシルエットが浮《う》かびあがった。

「ライザ、家にもどって、懐中《かいちゅう》電灯をとってきてくれ！」

「でも……」

「いいから、早く！」

ライザが引きかえし、姿を消した。

なおも坂を下っていくと、足が水の中につっこんだ。おかしい。まだ坂の途中《とちゅう》なのに、なぜ水に？　さらに一歩進むと、向こうずねまで水に浸《つ》かった。空を見上げると、木々《きぎ》のシルエットが見えた。それをたよりに場所をつきとめようとしたが、すべてがゆがんで揺《ゆ》れ動き、記憶《きおく》の光景と一致《いっち》しない。

ハウスボートはどこだ？　水ぎわに沿って、やみくもに走った。とつぜん、ごつごつした泥《どろ》まみれの木に衝突《しょうとつ》し、ぬかるみのくぼみに足がはまった。なんとか足を引きぬき、くぼみをよけたところ、一本の折れたミズナラの幹が黒い水中に沈《しず》んでいくのがわかった。ハウスボートをロープで結びつけた、あのミズナラだ。

はっとして顔を上げると、そう遠くないところで、もう一本のミズナラの梢《こずえ》が大きく揺《ゆ》れているのが見えた。折れたミズナラの幹を飛びこえ、二本目のミズナラへ水を蹴《け》散《ち》らしながら突進《とっしん》し、手探《てさぐ》りでロープをさがした。ハウスボートを結びつけたあのロープが、腹に当たるはず――。

「フランシー！」大声でフランシーを呼んだ。

かすかな悲鳴がしたような――。ケーブルのようにぴんと張ったロープが胸に当たった。それをつかみ、焦《あせ》ってたぐりながら、水の中へとつっこんだ。

「フランシー！」

今度は、フランシーの悲鳴がはっきり聞こえた。

「動くな！」

川岸から数メートル離《はな》れると、水流に体を引っ張られた。足を持っていかれ、腕力《わんりょく》だけでロープをたぐっていく。

ふいに、ロープがゆるんだ。なんだ？　なにが起きた？

なおも水流をかきわけて進んでいくと、なにかが裂《さ》けるくぐもった音がした。直後に野球のバットのようなものに背中を殴《なぐ》られ、ロープをもぎとられて川底へ引きずりこまれた。

気がつくと、真っ暗な渦《うず》の中だった。まわりはからまったツタとたくさんの枝で、身動きがとれない。

靴《くつ》を蹴《け》って脱《ぬ》ぎ、激しくもがいて、なんとか浮《う》かびあがった。水面から顔を出すと、そこは梢《こずえ》のまっただ中だった。枝をつかんで、体を引きあげた。

「フランシー！」

返事はない。枝からぬけだそうともがくうち、気がついたら周囲の水が渦巻《うずま》いていた。方向がわからない！　ロープはどこだ？

恐怖《きょうふ》をぐっとこらえると、理性がもどってきた。まずはミズナラの根元までもどろう。ロープを見つけて、やりなおしだ。

水流から計算し、勘《かん》で川岸とおぼしき方角へ向かった。すぐに水流が消え、足を動かしたら、ぬかるみに当たった。立ちあがって、浅瀬《あさせ》をつき進む。

「コート！」ライザのさけび声がした。雨の中、ライザの懐中《かいちゅう》電灯の黄色い光線がぼうっと浮《う》かびあがる。

ミズナラにぶつかった。幹のまわりを這《は》うようにしてロープを見つけ、たるんだロープを持って立ちあがった。

ひょっとして、この木はハウスボートを下敷《したじ》きにしているのか？　半狂乱《はんきょうらん》でロープを勢いよく引っ張ると、ちぎれた先端《せんたん》がムチのようにしなって顔に当たった。

ロープを手放し、ベルトにはさんだ無線をさぐったが、なかった。

「コート！」ライザが、またさけぶ。

ライザのそばを走りぬけて、さけんだ。

「父さんに連絡《れんらく》してくる！」

「やってみたわ！　でも、電話が通じない！」

必死に頭を働かせた。

「ライザ、スロープで待ってろ！　ハウスボートが流された！　フランシーが乗ってる！」

19

坂ですべって転び、這《は》うようにして坂の上まで行くと、ライザの家の裏手へ全速力で走っていった。ジョンボートを乗せたトレーラーを砂利道《じゃりみち》へと引っ張りだし、坂の下のスロープをめがけて押《お》しだす。

ぐんぐん加速するトレーラーに必死にしがみついて走ったが、トレーラーのスピードに追いつけなくなり、つんのめって転んで、濡《ぬ》れた小石で顔を切った。

ジョンボートはトレーラーごと、下の闇《やみ》へつっこんでいく。

急いで立ちあがって走ると、すぐに追いついた。ジョンボートはまだトレーラーに乗っているが、一本のイトスギに引っかかって、半分水に浸《つ》かっている。

「ライザ！」大声でライザを呼んだ。

ジョンボートの中へ身を乗りだし、自分でも驚《おどろ》くほどの力で、ボートの側面をぐいぐいと押《お》した。かけつけてきたライザがボートの下にもぐり、ふたりがかりでボートを浮《う》かせ、船尾《せんび》をイトスギに乗せる。急いで船首に回って押《お》しだすと、ボートはトレーラーから水中へとすべり落ちた。

「ライザ、乗れ！」

ライザがジョンボートの船首側に乗りこむ。ぼくも船尾《せんび》に転がりこんだ。

だがボートの中は、足首の高さまで、水が溜《た》まっていた。そうだ、水抜《みずぬ》きの栓《せん》を抜《ぬ》いたんだった！　栓《せん》を手探《てさぐ》りで見つけてはめると、エンジンをかけ、ギアをバックに入れて、川へくりだした。

「ライザ！　防水ケースから、スポットライトを出してくれ！」

ボートの下で水が渦《うず》を巻き、ぐんぐん周囲を吸いこむのを感じる。ギアを変えて前進し、木立が途切《とぎ》れているところを見つけた。きっとそこが川の本流だ。加速して、つき進んだ。

「ライザ、ライトを！　防水ケースから、早く！」

ライザがスポットライトをとりだし、船首の電源コンセントにつなぐ。その瞬間《しゅんかん》、ひと筋の白い光線が降りしきる雨を貫《つらぬ》いて、渦巻《うずま》く黒い水の上にのびた。

木々《きぎ》から川へ、暴風がうなりをあげて吹《ふ》きつける。その風に、ぼくもライザもさらされていた。ボートが揺《ゆ》れて、激しく震《ふる》える。ひょっとしてぼくもライザも、モクレンのちっぽけな葉のように吹《ふ》き飛ばされて、木々《きぎ》にたたきつけられるかも――。

ボートがなにかに衝突《しょうとつ》し、右に向きを変えた。救命胴衣《どうい》をつけたほうがいいのだが、今はその余裕《よゆう》がない。ライザがライトを動かし、通りすがりの船のように脇《わき》を流れる一本の巨大《きょだい》な木を照らす。

「ライザ、ライトは川岸に向けて！　左側！」

川には大量の木々《きぎ》が漂流《ひょうりゅう》していた。地面から引きぬかれたぎざぎざの根が、ライトに浮《う》かぶ。そのどれかに衝突《しょうとつ》したら、転覆《てんぷく》するか、船体に穴があく。流木をよけつつ、水流の二倍の速さでつき進んだ。それでもずぶ濡《ぬ》れのマットレスかと思うほど、ジョンボートがのろのろしているように感じる。

ふと、ふくらはぎに水がはねるのを感じた。まだ、水かさが増している。この増水の速さは、船内に降りこんだ雨水だけとは思えない！

ライザが川の前方を横切るようにライトを動かす。ちがう、川岸を照らせ、とさけびかけたそのとき、川の真ん中に斜《なな》めになった白い線がかすかに見えた。

「あっ、ライザ、あれだ！」

ライザも気づいて、急いでライトをもどす。

ぼくはスロットルレバーをにぎりしめ、屋根の輪郭《りんかく》らしき線に向かって、全速力でつき進んだ。

近づくにつれて、まちがいなく、うちのハウスボートだとわかった。電池式照明の弱い光が窓から見える。だが、甲板《かんぱん》にフランシーの姿はない。闇《やみ》を漂《ただよ》う幽霊船《ゆうれいせん》みたいだ。

ハウスボートとの距離《きょり》は、じれったいほどちぢまらない。やっとのことで横に並ぶと、ジョンボートをハウスボートに衝突《しょうとつ》させた。ライザが手をのばして、ハウスボートの手すりをつかむ。

と、ジョンボートの後部が水流に引きこまれ、ハウスボートから引きはなされそうになった。ぼくは急いで船首に行き、船首に結びつけてある係留用のロープをつかみ、手すりを越《こ》えてハウスボートへ転がりこんだ。

「ああ、もう……無理!」ライザが、手すりをつかんだまま絶叫《ぜっきょう》する。

「こっちに移れ!」

ライザが膝《ひざ》をついて身を乗りだす。ぼくはライザをハウスボートの甲板《かんぱん》へ引っ張りあげた。つづいてハウスボートの支柱に、ジョンボートの係留ロープを手早く巻きつける。

ジョンボートをしっかり引きよせ、ロープをしぼっていると、ライザがぼくの横を走っていった。目で追うと、ライザが転がるようにしてドアをあけ、その腕《うで》の中にフランシーが飛びこみ、抱《だ》きあう姿が窓越《まどご》しに見えた。

ロープをしばりおえてから、ライザとフランシーの元へかけつけた。フランシーはヒステリックに泣きわめいていた。服がずぶ濡《ぬ》れで、泥《どろ》にまみれ、ところどころ破れている。床《ゆか》の真ん中には、ナマズが「今度はなんだよ？」といいたげな表情で立っていた。

そのとき、流木が船体にぶつかって、ハウスボートがぐらりと揺《ゆ》れた。

まずい、一刻も早く脱出《だっしゅつ》しなければ――。

たとえ川岸に衝突《しょうとつ》して座礁《ざしょう》しなくても、いずれ下流のコンクリートの橋に衝突《しょうとつ》する！

20

「ほら、ね、来たでしょ。もう、だいじょうぶよ」ライザはフランシーをなだめようとしていた。

「も……もどれなく……なっちゃって……」フランシーは泣きじゃくっている。

「だよな」ぼくも声をかけた。「もう、だいじょうぶだよ。まずは、救命胴衣《どうい》をつけないとな。ライザ、船首からとってきてくれないか」

ライザが行こうとしたが、フランシーが悲鳴をあげて、すがりつく。

「よしよし、フランシー。時間がないんだよ」

結局ライザはフランシーを抱《だ》っこしたまま、救命胴衣《どうい》がしまってある棚《たな》へ向かった。

ハウスボートのスピードを落とすしかない。そうすれば、ジョンボートから水をくみだし、ハウスボートから乗りうつるまでの時間をかせげる――。

そう考えて甲板《かんぱん》に出ると、ハウスボートの四隅《よすみ》の杭《くい》をゆるめて、水中に落とした。ところが杭《くい》は四本とも川底につきささることなく、鉄の輪を猛《もう》スピードで通り抜《ぬ》けて、水中に落ちていった。

ならばと船首に走り、錨《いかり》を持ちあげ、ロープをつかんで川に投げた。錨《いかり》のロープが手の中をすりぬけていく――。ロープがピンと張ったので、引っ張ってみた。が、手応《てごた》えはない。杭《くい》も錨《いかり》も水中を漂《ただよ》うだけだ。

ジョンボートから水をくみだそうと、大きなバケツをつかんで、ジョンボートのほうへ走った。ジョンボートには一本の巨木《きょぼく》の根がからまって、クジラが鼻を押《お》しつけているように見える。だが見た目とは裏腹に、ジョンボートとハウスボートをつなぐロープはかなりの力で引っ張られ、ピンと張っていた。ロープを結びつけたハウスボートの支柱がゆっくりとしなり、ギシギシと鳴って、たわんでいく――。

ぎょっとして一歩下がったら、とつぜん支柱が折れて、屋根の一部が引きちぎられ、支柱とともにハウスボートの外へ飛んでいった。はずみで巨木《きょぼく》が回転し、ジョンボートを水中に沈《しず》め、引きずりながら暗闇《くらやみ》へと遠ざかっていく。

ふりかえったら、ライザが窓越《まどご》しに大きく目を見ひらいて見ていた。フランシーもすくみあがって、ライザの足にしがみついている。ふたりとも、救命胴衣《どうい》を装着していた。

ぼくは、急いで船室に入った。

「コート、これからどうするの？」

ライザにたずねられたが、答えられない。

キッチンテーブルに、ライザがとってきてくれた救命胴衣《どうい》が置いてあった。それに腕《うで》を通し、ファスナーをしめて、ストラップを引っぱり、装着した。

カウンターに、小さなコンパスがひとつある。そういえば腕《うで》時計すら持っていないことに気づき、コンパスをつかんで、ポケットにつっこんだ。

「四隅《よすみ》の杭《くい》と錨《いかり》をおろしたんだ。そのうち、浅瀬《あさせ》に流れつくと思う」

「で、そのあとは？」

「……わからない」

「川は泳げないわよ。流れが速すぎて」

ライザのそばを通りぬけて寝台《しんだい》に行き、ベッドからマットレスをおろして、床《ゆか》に引きずった。

「ちょっと、コート、なにを――」

とつぜん、すさまじい衝撃《しょうげき》とともに、三人とも宙に投げだされた。ぼくはキッチンテーブルにたたきつけられ、テーブルの脚《あし》が折れて床《ゆか》に転がった。ライザとフランシーはドアのそばに倒《たお》れている。

つかのま、ハウスボートが止まった。水圧が高まっていき、船体が押《お》されてねじれ、ミシミシと音をたてる――。数秒後、なにかが割れる恐《おそ》ろしい音と、木が砕《くだ》ける音がして、ハウスボートが急にガクンと動きだした。

なにが起きたか、ぼくにはわかった。四隅《よすみ》の杭《くい》がもぎとられたのだ。

「みんな、無事か？」

声を張りあげたら、フランシーがこれまでになく疲《つか》れきった声で、また泣きはじめた。ライザが、フランシーを膝《ひざ》に乗せて抱《だ》きかかえる。ふたりとも返事はない。

ハウスボートがきしんだ。横に押《お》しながされていくのがわかる。

甲板《かんぱん》に飛びだすと同時に、ハウスボートがエノキの木立に押《お》しつけられた。さらに、氾濫《はんらん》した川の水が勢いよく押《お》しよせてくる。

ハウスボートがバランスをくずして傾《かたむ》いた。このままではまちがいなく転覆《てんぷく》するか、木々《きぎ》の下敷《したじ》きになる。

ふと、ナマズの視線を感じた。

「おい、おいで」

ナマズは一歩下がって、悲しそうに鳴いた。ぼくらと行動をともにする気はないらしい。

「ほら、いいから来いよ」と、急《せ》きたてたものの、これ以上いっしょにいられないのはわかっていた。氾濫《はんらん》した川の水がなだれこんできたら、ナマズは逃《に》げ場を失う。ぼくはフランシーを運ばなければならないし、この先のことを思うと、ライザにパニック状態の犬を抱《かか》える余裕《よゆう》はない。

「行かなきゃならないんだ。ごめんよ、ナマズ」

別の木にぶつかって、ハウスボートが揺《ゆ》れた。別れの挨拶《あいさつ》は、ここまでだ。

「よし！　行くぞ！」ライザとフランシーに声をかけた。

ライザがフランシーを抱《だ》きあげ、甲板《かんぱん》に出てきた。ぼくらが去っていくのを見て、ナマズが哀《あわ》れっぽい声で鳴き、体を震《ふる》わせる。

「ナマズ！」フランシーがさけんだ。

「動こうとしないんだ。置いていくしかない」

「ええっ、そんな！」ライザが息をのんだ。

「それしかないんだ。できるだけ長く浮《う》いていられるよう、祈《いの》るしかない」

「いや！」フランシーが悲鳴をあげる。

ライザは愕然《がくぜん》としていたが、ぼくのいうとおりだとわかってくれた。

「だいじょうぶよ、フランシー。きっと泳いで、もどってくるわ。おうちに着いたら、待っていてくれるわよ」

「フランシー、懐中電灯《かいちゅう》は持ってるかい？」

フランシーは答えない。ライザからフランシーを抱《だ》きとって、濡《ぬ》れたジーンズの上から確かめた。赤いハートが縫《ぬ》いつけられた、あのジーンズだ。ポケットの中に小さい懐中電灯《かいちゅうでんとう》があるとわかって、ほっとした。

フランシーを脇《わき》に抱《かか》えた。「さあ、行くよ」

あいているほうの腕《うで》で物につかまりながら、傾《かたむ》いているボートの上のほうへ移動して、フランシーを抱《かか》えたまま、手すりを乗りこえ、暗闇《くらやみ》へとジャンプした。ぬかるんだ浅瀬《あさせ》に落ちると、フランシーを胸に抱《だ》きなおした。フランシーが声をあげたとしても、雨と風と渦巻《うずま》く水の音で聞こえない。よろめきながら立ちあがった瞬間《しゅんかん》、ライザがとなりに落ちてきた。水は腰《こし》の高さまであって、足をとられそうになるが、足はちゃんと底についている。

「ライザ、だいじょうぶか？」

「うん」

フランシーをまた脇《わき》に抱《かか》えて、ツタとパルメットのからまる茂《しげ》みへとつき進んだ。

「ライザ、ぜったい離《はな》れるなよ」

「うん、ついていくわ。行って」

21

水に浸《つ》かりながら湿地《しっち》を四十五メートルほど進んだところで、足を止めた。

頭上におおいかぶさるエノキの枝が風にあおられ、激しく揺《ゆ》れる。だが、音はさっきよりも弱まった。雨粒《あまつぶ》が顔に当たることもない。あいかわらず氾濫《はんらん》した水に足をとられるが、木立の中にいれば、とりあえず物につかまることはできる。

この一時間で初めて、少しはまともに考える余裕《よゆう》ができた。

逃《に》げ道を見つけられるのは、ぼくだけだ――。

フランシーをライザに抱《だ》っこしてもらい、フランシーのジーンズから懐中電灯《かいちゅう》を引っ張りだした。ちゃんとつきますように――。

ついた！　ポケットからコンパスをとりだして、懐中電灯《かいちゅう》の光を当てた。

「どうするの、コート？」ライザの声がした。

「道をさがしてるんだ。今のところ、危険はない。ちょっと考えさせてくれ」

そうだ。考えろ――。

コンパスを引っくりかえしたり、ふったりして、正しい方角を示しているかどうか、じっくりと観察した。

コンパスがつげている内容は信じられなかったが、疑うほどばかでもない。

ここは、テンソー川の西岸だ。ここからの選択肢《せんたくし》は三つ。テンソー川を泳いでいくか、ここにとどまるか、あるいは西の湿地《しっち》へ向かうかだ。

人生で今ほど、父さんにそばにいてほしいと思ったことはない。父さんなら、なにをすればいいか、どうすれば安全な場所に避難《ひなん》できるか、わかるのに――。

考えぬいてから、いった。「テンソー川は泳げない。水かさはまだふえているから、ここにとどまることもできない。西の湿地《しっち》へ向かって、高い場所を見つけて、避難《ひなん》しよう」

「西の高い場所って、どこ？」

三角州《さんかくす》と、そこを血管のように通っている川の本流と支流について、頭の中で地図を描《えが》いた。手元にコンパスがあるので、現在地はだいたい割りだせる。

教えてくれよ、父さん、西ってどこだ？　父さんがいるわけじゃないけれど、いると思いこむと、少し気が楽になる。父さんの答えを想像してみた。

「ねえ、コート、どこなの？」と、ライザ。「このあたりにくわしいんでしょ」

だだっ広い、なにもない低湿地《ていしっち》のイメージが、脳裏《のうり》に広がった。その先にあるのは、テンソー川よりさらに増水し、危険なモービル川――。いや、その手前にひとつだけ、候補地がある。

「ネイティブ・アメリカンの土塁《どるい》だ。ボトル・クリーク遺跡《いせき》の土塁《どるい》に上がろう」

「距離《きょり》は？　どのくらい？」

「ここから西に一キロ半ちょっと……いや、二キロ半弱かな」

「そんな遠くまで行けないわ」

「ほかに高い場所はないんだ。ライザ、フランシーをたのむ。ぼくは、コンパスを見なきゃならないから」

とつぜん、フランシーがするどい悲鳴をあげた。懐中《かいちゅう》電灯で照らすと、もぞもぞして、ライザに体をこすりつけている。

「えっ、どうした？」

ライザがフランシーをおろし、フランシーの救命胴衣《どうい》を剝《は》ぎとって、木の幹にたたきつける。

そこでようやく、水中をビロードのように流れていく大量のアリに気づいた。

ぼくはフランシーの腕《うで》をつかんで引きよせると、Tシャツを頭から脱《ぬ》がせ、胸と背中と顔を両手でこすった。アリたちはぼくにも這《は》いのぼってきて、胸を嚙《か》む。体にまとわりつくアリたちをはたきながら、フランシーを水中から抱《だ》きあげ、おんぶした。

「もうだいじょうぶだよ、フランシー。追っぱらったから」

フランシーが泣きじゃくるのをやめて、ぼくの肩《かた》に顔を乗せる。フランシーのTシャツに懐《かい》中電灯《ちゅう》の光を当てた。ライザがTシャツを受けとって、裏返し、残っていたアリたちをはたき落とすと、ぼくからフランシーを抱《だ》きとった。

「ライザ、そのシャツ、着せたほうがいいかな？　着せないほうがいい？」

「着せるわ。濡《ぬ》れてるけど、防寒具にはなるから。体が冷えるでしょ」

「だよな。ぼくは、今でも冷えてるよ」

ライザはフランシーにTシャツを着せて、救命胴衣《どうい》をつけなおした。

「ライザ、フランシーをできるだけ水に浸《つ》けないようにな」

ライザの返事はない。

コンパスを見つめて、西にあたる方角を特定した。西の空をおおう木々《きぎ》を見上げて、いちばん遠くに見える木を見つけ、梢《こずえ》のシルエットを目印に決め、そっちへと歩きだした。

イトスギとミズナラがそびえる湿地《しっち》では、雨風に打たれたツタとパルメットとイバラがもつれあい、全体をおおっていた。ライザとフランシーが後ろにいるか気をくばり、方角をつねに確認《かくにん》しつつ、前へ進むだけで精一杯《せいいっぱい》だ。

からみあう大量の下草も大変だが、湿地《しっち》そのものも、いまや見知らぬ土地に変わっていた。ふだんは湿地《しっち》の葉の中にかくれているものが、こぞって木の上に避難《ひなん》し、あらゆる場所から視線を送ってくる。

敵は刻一刻と増していく水かさだけではないのかも――。いやな予感がした。

22

「コート……」背後でライザの声がした。

立ちどまって、ふりかえった。水かさは、さっきにくらべ、ライザの腰《こし》から五センチほど上にふえている。

「フランシーは？　だいじょうぶか？」

懐中《かいちゅう》電灯の光でフランシーを照らした。フランシーは目をあけているが、ぼんやりしている。ライザを照らしたら、疲《つか》れきってげっそりしていた。

「抱《だ》っこを代わるよ」

ライザのほうへ腕《うで》をのばし、フランシーを受けとると、フランシーの背中を軽くたたいて、肩《かた》をなでた。

「よしよし、フランシー、木の上のおうちに行こう。そこで、嵐《あらし》をやりすごそうな」

フランシーは答えない。

「急ぎましょ」ライザは不安そうだ。

そのとき、右側から大きなため息が聞こえてきた。そっちへ懐中電灯《かいちゅうでんとう》を向けると、体重が九十キロはありそうな一頭のブタが、氾濫《はんらん》した川の水にあごまで浸《つ》かって立っていた。ブタがこっちを向く。その目は暗く、うつろだった。口元から、タバコで汚《よご》れた歯のように黄色い牙《きば》が二本つきだしている。

ブタは泳ぎがうまい。沈《しず》みそうなのに、なぜじっと立っているのか、ふしぎだ。もしかしたら、疲《つか》れたのかもしれない。もう、あきらめたのかも——。

ぼくの心を読んだかのように、ブタは前を向き、ぼくらの前方の闇《やみ》へと進んでいった。

「今の、なに？」と、ライザ。

ぼくは光をそらし、懐中《かいちゅう》電灯をライザに渡《わた》した。

「ブタ……。もう、いないよ。コンパスは読める？」

ライザがうなずく。

「じゃあ、針を西からそらさないように、な」

ライザが、前方に移動したブタを照らす。コンパスを渡《わた》すと、ライザは前に出て、立ちどまり、コンパスで方角を確かめた。

「針がガラスのふたにくっつかないように、気をつけろよ」

ライザは顔からツタを払《はら》いのけて、すぐに歩きだした。

湿地《しっち》の奥《おく》へ進むと、流れが消えた。平たい水面がどこまでも広がり、水かさは徐々《じょじょ》にふえている。

フランシーを両腕《りょううで》で抱《だ》っこしながら進んだ。フランシーはぐったりして、なにもしゃべらないが、胸が上下して、ちゃんと呼吸しているのは伝わってくる。

腕《うで》時計はない。靴《くつ》はハウスボートを追いかけて悪戦苦闘《くとう》しているときに、蹴《け》って脱《ぬ》いだ。下半身には膝上丈《ひざうえたけ》の古いパンツをはいているが、上半身は裸《はだか》だ。ライザとフランシーもはだしだが、Tシャツは着ているので、冷たいどしゃぶりの雨から少しは体を守れるだろう。ライザは腕《うで》時計もしているけれど、時刻をたずねても意味がない。それこそ、時間のむだだ。

左側で盛大な水音がし、ライザがぎょっとして懐中電灯《かいちゅう》を向ける。数頭のシカがバシャバシャと水をはねちらしながら、飛びはねるようにして逃《に》げていくのがちらっと見えた。銀色に光って見える雨の中、ピンと立った尾《お》は白いハンカチのようだ。

ライザがまた懐中《かいちゅう》電灯をコンパスに向けて、ぼくらは歩きだした。

真夜中近くだろうか、ライザがまた立ちどまった。背後から近づいて、懐中《かいちゅう》電灯の光線を目で追うと、木立が途切《とぎ》れ、その奥《おく》に吹《ふ》きさらしの湖があるのが見えた。ふだんとはまるでちがう光景だが、この場所は知っている。ハウスボートから離《はな》れてようやく、たしかな目印が見つかった。想定ルートからは外れているが、このていどですんで良かった。

「ジャグ湖だよ。ここからだと、いったん南に進んで、そのあと西だ」

「ずれちゃった？」

「だいじょうぶ、たいしたことないよ。あと少しだ。目の前のそこは、ジェサミン・バイユーだよ」バイユーというのは、小川のことだ。ふだんは水の流れがゆったりしていて、ぬかるんでいる。

「いったん南ね」ライザが確かめるようにいう。

「うん。今、何時かな？」

ライザは腕《うで》時計を見て答えた。

「夜中の零時《れいじ》半」

「わかった。じゃあ、行こう」

水かさはさらに十五センチほどふえていたけれど、ぼくもライザもさっきよりは落ちついていた。目的地に近づいているのは、はげみになる。

ライザが懐中電灯《かいちゅう》を前方からコンパスへと動かす。光線が一本の木を通過した瞬間《しゅんかん》、毛におおわれた小動物の目が反射して光った。

ライザは見なかったか、見たとしても気にしなかったらしい。

あれは、たぶんネズミだ。木の中にいるのは異様だが、高い位置にのぼらざるをえなかったのだろう。周囲をじっくりとながめたら、きっとどの木にも、避難《ひなん》した動物たちの目玉がひしめいているにちがいない。

ライザについて、歩きだした。フランシーの声を聞きたくて、ときどき名前を呼んだ。一度も返事はなかったが、抱《だ》きかかえた腕《うで》の中で、もぞもぞするのはわかる。それだけでじゅうぶんだ。

歩きながら、次の難関はなんだろうと考えた。ジェサミン・バイユーの幅《はば》は、わずか六メートル。そのうちボトル・クリークと交差する。そのときは、幅《はば》約三十メートルのボトル・クリークを渡《わた》ることになる。ふだんなら泳げるが、もし川の流れが勢いを増していたら、泳いで渡《わた》るのはかなりの冒険《ぼうけん》だ。

不安だったが、ライザにはなにもいわなかった。わざわざいわなくても、いずれ実際に確かめることになる。

暗闇《くらやみ》の中、木々《きぎ》を見上げ、幹に目をこらした。周囲にそびえるのは、エノキとイトスギ。どちらの枝も、ぼくらの体重を支えてくれそうだ。

エノキとイトスギをのぼるのは、電柱をのぼるようなもの。たとえ高いところまでのぼって避難《ひなん》できたとしても、つかまるところはほとんどない。しかも、木の上にはなにがいるか、わからない。湿地《しっち》の動物はこぞって、木の上に逃《に》げようとするからだ。

だが、今ぼくが恐《おそ》れているのは、木の上に逃《に》げこめない動物のほうだった。氾濫《はんらん》した川に沈《しず》まない高台となると、面積はかぎられている。おそらく、そのかぎられた場所を、動物たちと奪《うば》いあうことになるだろう。

こわいのはシカじゃない。野生化したブタだ。

23

ブタ狩《が》りは、父さんのメインの仕事だ。じつはワニと同じくブタも、繁殖《はんしょく》しすぎて問題になっている。低湿地《ていしっち》を動きまわる体重約百四十キロの巨大《きょだい》なブタの群れは、凶暴《きょうぼう》で、破壊力《はかいりょく》があり、なにをしでかすかわからない。

父さんによると、野生化したブタは、四百年ほど前にスペインの探検家エルナンド・デ・ソトがフロリダ州に持ちこんだブタの子孫らしい。そのブタが問題になったのは、一九八〇年代、人々《ひとびと》が州の境界線を越《こ》えてブタを運びこみ、狩《か》りのために解き放つようになってからだ。

ブタはなんでも食べるので、どこでも生きられる。たいていは草や根や茎《くき》を食べるが、肉もえり好みしない。実際、アルマジロや小がらなシカ、ヘビやほかのブタを食べるのを見たことがある。

ブタの天敵はヒョウとワニだ。けれどヒョウはほとんどいないし、ワニの生息地は水辺と決まっているので、天敵はいないに等しい。さらに雌《めす》のブタは、年に十頭以上の子ブタを産む。当然ながら、ブタは南部全体に広がった。

ブタの場合、禁猟期《きんりょうき》はない。ハンターは一年中、朝でも夜でも、好きなときにブタ狩《が》りができる。けれど一年中解禁しても、ブタの数は減らない。野生化したブタはサバイバル術に長《た》けているだけでなく、頭もいい。ハンターがどこでどのように狩《か》りをするか、すぐに把握《はあく》して、そういう場所には近寄らないし、ハンターの裏をかく。

だからこそ、このあたりの湿地帯《しっちたい》はハンターに人気がある。人里離《はな》れた湿地《しっち》には野生化したブタが大量にいるうえ、その大半が人間に慣れていないからだ。

ブタ狩《が》りのガイドは仕事として安定しているが、ぼくも父さんもあまり好きじゃない。ブタ狩《が》りのハンターは、狩《か》りに挑戦《ちょうせん》するというより、血に飢《う》えているからだ。たいていのブタ狩《が》りでは、犬を少なくとも二匹《ひき》使う。一匹《ぴき》は追跡犬《ついせきけん》、もう一匹《ぴき》は捕獲犬《ほかくけん》。追跡犬《ついせきけん》は、レッドボーンといった、いわゆる猟犬《りょうけん》。捕獲犬《ほかくけん》は、より残忍《ざんにん》で傷だらけの冷酷《れいこく》な闘犬《とうけん》だ。嚙《か》みついたらぜったい放さず、しっかりとくわえたまま、獲物《えもの》をふりまわすことで知られるピットブルテリアが使われることが多い。

ブタ狩《が》りでは、まず追跡犬《ついせきけん》がブタの群れをさがしだす。そして大がらな一頭を標的に選び、その一頭が疲《つか》れるまでとことんつけまわして、追いつめる。つづいて捕獲犬《ほかくけん》が突進《とっしん》し、ブタの耳に食らいついてひねり、地面にねじふせる。そしてハンターが追いつくまで、この体勢を保とうとする。

たいていの人は、ブタの上あごからつきだした黄色い湾曲《わんきょく》した牙《きば》をこわがる。けれど牙《きば》はしょっちゅう地面を掘《ほ》っているため分厚くて、意外と切れ味が悪い。もちろん牙《きば》もこわいのだが、肉を食いちぎるときに使うのは、下あごの二本の歯だ。それぞれ上あごの牙《きば》の奥《おく》からつきだしていて、この歯に牙《きば》をこすりつけて研ぐため、歯はつねに爪《つめ》を切れるくらい鋭《するど》い。

ブタの場合、鋭《するど》い歯に食いちぎられるだけでなく、顔や腕《うで》を鋭《するど》いひづめで蹴《け》られるのも危険だ。捕《ほ》獲《かく》犬はブタと格闘《かくとう》中に刺《さ》されて死ぬことがよくある。ほおをざっくり切り裂《さ》かれたり、腹を裂《さ》かれたりした捕《ほ》獲《かく》犬を、ぼくは見たことがある。腹を裂《さ》かれた捕《ほ》獲《かく》犬は傷口から血まみれの青い腸が垂れ、そこに葉がくっついていた。

危険なのはワニも同じだが、ワニは容易に避《さ》けられる。もっと気をつけなければならないのは、地上をさまよう凶暴《きょうぼう》な動物のほうだ。

ぼくと父さんは、一年の大半を、濃《こ》い下草をかきわけて歩いている。父さんがつねに警戒《けいかい》するのは、なんといっても毒ヘビだ。昔、湿地《しっち》の水の中をはだしで歩いていて、ヌママムシを踏《ふ》んづけたときのことを、父さんはいまだに何度も夢に見る。ヌママムシの真ん中をうっかり踏《ふ》んづけてしまい、鎌首《かまくび》をもたげたヌマママムシに、ふくらはぎを思いきり嚙《か》まれたのだ！

ぼくもヘビがきらいだが、ぼくの悪夢によく出てくるのはブタのほうだ。

十歳《さい》のころ、父さんが小川の岸にボートをつけてくれ、ぼくはマスカット種のブドウをとるためにボートからおりた。だがパルメットの木立の奥《おく》まで行かないうちに、いきなり一頭の雌《めす》ブタに襲《おそ》われた。飛びかかられて、太ももを嚙《か》まれ、人形のようにふりまわされたのだ！

あっという間の出来事で、反応するひまもなかった。父さんがとっさにライフルを宙に向かって撃《う》ち、雌《めす》ブタを追いはらってくれて、助かった。音に驚《おどろ》いて逃《に》げていく雌《めす》ブタのあとを、子ブタたちが追っていくのが見えた。あの雌《めす》ブタに嚙《か》まれた傷跡《きずあと》は、今も残っている。

こうしてぼくは、野生化したブタが人間をためらわずに襲《おそ》うことを――襲《おそ》って殺し、食べようとすることを――身をもって知ったのだった。

24

ライザが止まった。

なにを見て止まったのか、予想はつく。全身に恐怖《きょうふ》が走った。

背後からライザに近づくと、ボトル・クリークが黒い水をたたえていた。

「ライザ、フランシーをたのむ」

ライザがフランシーを抱《だ》きとり、懐中電灯《かいちゅう》とコンパスをよこす。

コンパスをポケットにつっこむと、懐中電灯《かいちゅう》でボトル・クリークと降りしきる雨を照らした。

向こう岸は見えない。

光線を自分たちにもどしてから、上流を照らし、水が木々《きぎ》にぶつかる様子を観察した。どうやら、命の危険を感じるほどの流れではないらしい。

「土塁《どるい》に行くには、ここを泳がなきゃならないんだ」

三人とも救命胴衣《どうい》はつけたままだし、ライザは泳ぎがうまい。ライザの心配はしなくてよさそうだ。懐中電灯《かいちゅう》をポケットにつっこんで、またフランシーを受けとると、抱《だ》っこして呼びかけた。「フランシー？」

　フランシーがこっちを見る。

「ぼくの首に、しっかりしがみついていてくれるかな？　おんぶして泳ぐから、な」

　フランシーはくちびるを震《ふる》わせながら、うつろな目でぼくを見つめている。

　救命胴衣《どうい》を着たフランシーをいったん水中におろして浮《う》かべてから、しゃがんでおんぶした。

フランシーの息づかいが荒《あら》くなり、腕《うで》が首に巻きつく。フランシーは、まちがいなく、ぼくの言葉を理解しているのがわかった。

「ライザ、手がとどくところを泳いでくれ。流されそうになったら、ぼくの救命胴衣《どうい》をつかむんだ。いざとなれば、引っ張って泳ぐから」

　ライザがうなずく。

　ボトル・クリークへと身を乗りだし、川岸へ真っすぐ進む姿をイメージしながら、平泳ぎで大きく水をかいた。

　真っ暗闇《くらやみ》で、目の前が見えず、方向感覚がつかめなかった。目は役に立たない。頭を混乱させるだけだ。目をとじると、ほおに当たる突風《とっぷう》を感じた。吹《ふ》きつけてくる方向をおぼえ、その方向を意識して泳ぎつづけた。

フランシーは冷えきった手を震《ふる》わせながら、ぼくの首にしがみついていた。ライザの泳ぐ音が、となりに聞こえる。

水流が遅《おそ》く、重くなった。川の真ん中まで来たようだ。対岸の行きつく先を想像しながら、泳ぎつづけた。父さんは一本の曲がりくねったイトスギをガイドの目印にしているが、それはたぶん見つからないだろう。でも、いつものルートでなくても、きっと土塁《どるい》にたどりつけると思う。

腕《うで》がパルメットの葉にふれる――。渡《わた》りきったのがわかった。とくに問題なく、無事に泳ぎきれた。一本の木をつかんで、足を地面に引きあげた。フランシーをおぶいなおし、ライザを引きあげる。

「ライザ、だいじょうぶか？」

「うん」

水は、ぼくの胸まで来ていた。ライザは、首まで浸《つ》かりそうになっている。三人とも体温をうばわれ、かなりまいっていた。ぼくは寒くて震《ふる》えているし、ライザも冷えきって歯が鳴っている。

フランシーを支えていないほうの腕《うで》で、懐中電灯《かいちゅう》を頭上にかかげた。土塁《どるい》をめざして、ゆっくりと慎重《しんちょう》に進む。そのたびに、背中でフランシーが揺《ゆ》れるのを感じた。

足全体に、しつこくなにかが絡《から》みつく。木々《きぎ》にもたれて体を支えられるのは助かるが、つねに木があるとはかぎらない。くぼみに足がはまってつんのめり、フランシーを冷たい水の中に落としてしまった。フランシーは六歳《さい》にしてはかなり上手に泳げるのだが、今はその体力も気力も失っている。

いつものルートではなく、なんの目印もない。あとどのくらい進めばいいのか、方向はあっているのか、確信を持てないのがもどかしい。

ほどなく、雨風をつんざく悲しげな鳴き声を耳にして、うなじの毛が逆立った。なんの声かわからないが、真正面から聞こえてくる。

めざす土塁《どるい》は、きっと真正面にある。

25

その声は、人間のものではない、恐《おそ》ろしい悲鳴だった。

足を止め、目の前で風にあおられ大きく揺《ゆ》れる、重なりあった枝を見つめた。

「今の、なに？」ライザがガチガチと歯を鳴らしながらたずねた。

「さあ」

「前のほうから聞こえてきたわよ」

「うん」

とにかく、水から上がらなければ。これ以上水かさがふえなくても、三人とも低体温症《ていたいおんしょう》寸前だ。

また前進しはじめたが、それほど進まないうちに、また悲しげな鳴き声がし、つづいて牛の群れがいっせいに川を渡《わた》るような、派手な水しぶきの音がした。

恐怖《きょうふ》が背筋をかけぬけたが、今回は足を止めなかった。今の悲鳴については、もう、話題にしたくない。声の正体はわからないが、どうでもいい。とにかく、土塁《どるい》まで行くのだ。

足元の地面が上り坂になるのを感じた。のぼっていくと、水位が腰《こし》の高さまで下がった。ライザも背後から追いついた。

「ライザ、ここは低い土塁《どるい》のひとつだ。ぼくらがめざす高い土塁《どるい》は、もう少し先にある」

「ねえ、コート、さっきの悲鳴や水しぶきはなに？」

「さあ」

「もう少し先って、どのくらい？」

「六十メートルちょっとかな」

懐中《かいちゅう》電灯で進む方向を照らすと、雨の中、すぐそこにある低い土塁《どるい》の上で、動物の目が光った。そのまま照らしつづけると、氾濫《はんらん》した水に首まで浸《つ》かって、なぜか立ちつくしている、一頭の雄《お》ジカの姿が徐々《じょじょ》に見えてきた。

その雄《お》ジカは麻痺《まひ》して恐怖心《きょうふしん》を失い、力なくこっちを見ている――。

とつぜん、この先に待ち受けている事態を悟《さと》って、戦慄《せんりつ》をおぼえた。湿地《しっち》にいる動物たちはこぞって、ここの土塁《どるい》をめざしている。ぼくらと同じく、だだっぴろい湿地《しっち》で逃《に》げこめるのは土塁《どるい》だけだ、とわかっている。なのになぜ、この雄《お》ジカは、もっと高くて安全な土塁《どるい》に逃《に》げないのか？

その答えは、きっと――。

いや、深く考えたくないし、どうでもいい。とにかく、行くしかない。

水に浸《つ》かりながら、土塁《どるい》の反対側の坂をおりて、つき進んだ。雄《お》ジカから三メートルも離《はな》れていないところを通りすぎたのに、雄《お》ジカは不気味なほど麻痺《まひ》した様子で、ただつっ立っていた。周囲の低い土塁《どるい》にも動物たちが避難《ひなん》しているのが、だんだん見えてきた。せまい土塁《どるい》はすべて、銅像のように身じろぎもしないシカやブタに占領《せんりょう》されている。

懐中《かいちゅう》電灯で、真っすぐ前だけを照らしながら進んだ。さまざまなうなり声や悲鳴、水しぶきの音や爪《つめ》で幹を引っかく音が聞こえるたびに、光を向けたくなるのを必死にこらえる。

また水しぶきが――動物がいっせいに川を渡《わた》っているような派手な水しぶきが――真正面であがった。かき乱された水の白い泡《あわ》がぼんやりと見え、冷たい水が打ちよせてくる。

「クソッ！」

思わず毒づいていた。ライザが体を寄せてきて、ぼくのズボンの腰《こし》をつかんだ。フランシーが背中でビクッとする。ぼくは、フランシーの腕《うで》をつかむ手に力をこめた。

パニック寸前で、ふがいないと思いつつ、ライザとフランシーを引きよせて、逃《に》げてきた動物がひしめく水浸《みずびた》しの不気味な島を進んでいった。

低くうめく大きくて黒いものが、水をはねちらしながら、ぼくらを追いぬいていく。足を止め、そいつの顔に光を当てた。クマだ！　クマは目玉をこっちに動かしたが、そのまま進んでいく。

それを見たフランシーががまんできずに絶叫《ぜっきょう》し、こらえつづけた恐怖《きょうふ》を吐《は》きだした。

今の悲鳴で、ぼくらの存在に気づかれたかも――。胸の中にパニックが一気に広がった。

「よしよし、フランシー、だいじょうぶ」と、ライザ。「黒いクマさんよ。襲《おそ》ってきたりしないから」

けれどフランシーは半狂乱《はんきょうらん》でぼくにしがみつき、両手で首をしめつけてくる。

懐中電灯《かいちゅう》を口にくわえ、フランシーを両腕《りょううで》で支えた。ライザが前にまわり、引っ張ってくれた。「止まらないで」

嵐《あらし》の中、動物の悲鳴がまた響《ひび》き、混乱した動物たちの水しぶきとうめき声がつづいた。フランシーはなおも絶叫《ぜっきょう》し、ぼくにさらにしがみつく。大きい土塁《どるい》に早く近づきたくて、息苦しさをこらえてつき進んだ。

すぐ左で、なにかがのたうち、うめく。懐中電灯《かいちゅう》を向けると、二頭のワニが身をよじりながら、一頭のブタの死骸《しがい》に食らいついているところだった。

耳鳴りがした。べたつくシロップの中を走っている気がしてくる――。

「ああ、もう、行こう！　早く！」

26

めざす土塁《どるい》には、恐怖《きょうふ》におびえたブタやシカや小がらな動物たちが集まっていた。

その動物たちに向かって懐中電灯《かいちゅう》をふりまわし、「どけっ！」とさけんだ。動物たちが目の前でばらけて、散っていく。なおも懐中電灯《かいちゅう》をふりまわし、「どけどけっ！」とさけびつづけた。いたるところで目が光り、四方八方の木々《きぎ》から、なにかが砕《くだ》けて落ちる音や、幹をよじのぼる動物の爪《つめ》の音がする。

フランシーを脇《わき》の下に抱《かか》え、足をすべらせながら、落ち葉だらけのぬかるみを蹴散《けち》らすようにして、のぼっていった。

思ったとおり、ハリケーンで川が氾濫《はんらん》しても、この高くて大きな土塁《どるい》は水没《すいぼつ》しそうにない。けれど今は、まったく別の問題に直面していた。ワニだ。

ワニにとってぼくらは、ブタやシカと同じ獲物《えもの》でしかない。唯一《ゆいいつ》、ぼくらにとって有利なのは、獲物《えもの》がほかにいくらでもいるということだけだ。ワニたちは、その気になればいつでもこっちに這《は》いあがれるが、おそらく浅瀬《あさせ》に残るだろう。わざわざ這《は》いあがってこなくても、獲《え》物《もの》を楽に溺《おぼ》れさせられるからだ。とはいえ、水位が上がってくれば、ワニたちも水とともにのぼってくる。つまり、土塁《どるい》に上がって水から逃《のが》れても、まだ安全とはいえないわけだ。地上からも逃《に》げなければ——。

この高くて大きな土塁《どるい》には木が数本生えているが、大木といえるのはビャクシンだけだ。ビャクシンの枝が、手がとどくくらい低い位置に張りだしていると良いのだが。

ほかにも、この土塁《どるい》にひそむ危険はいくらでもある。たとえば、木にのぼれる動物ならば、ぼくらと同じことを考えるはずだ。

ふと見ると、前にいるライザが足を止めていた。

となりまでのぼって、ライザにフランシーを渡《わた》し、くわえていた懐中電灯《かいちゅう》を手に持って、周囲を照らした。

シカはすでに低木の茂《しげ》みの中へ逃《に》げていたが、ブタは物怖《ものお》じせずに残っていた。光線を浴びせると、数頭の小がらな黒ブタはためらうそぶりを見せて下がったが、一頭の大きなブタは——約十五センチの黄色い牙《きば》を生やした、赤さび色の大きなブタだ——光線などものともせずに、堂々《どうどう》と立っている。ここはおれたちの縄張《なわば》りだ、とでもいいたげだ。

土塁《どるい》の坂の上にそびえるビャクシンの幹を見て、ライザの腕《うで》をつかんだ。

「ライザ、あそこの木にのぼるぞ」ライザがぼくの視線を追う。「水かさがふえると、このあたりのブタやワニも、いっしょに上がってくるだろ」

そうね、とライザはうなずいた。

「でも、何日もこのままかもしれないわよ」

「なんとか乗りきるさ」

「あたしたちが木の上にいるなんて、だれも知らないし……」

「それは、ひとまず置いておこう。どうやってもどるかは、あとで考えるよ」

下のほうで別のブタがかんだかい悲鳴をあげ、のたうちまわる音がする。

フランシーをライザから抱《だ》きとって、いった。

「よし、行こう。今夜最後のひと仕事だ」

フランシーを抱《だ》っこして背筋をのばし、ブタたちを遠ざけておくため、懐中電灯《かいちゅう》をふりまわして声を張りあげた。ビャクシンまでたどりつくと、フランシーをいったんおろし、懐中電灯《かいちゅう》で木を照らした。いちばん低い枝は、手のとどくところにある——。

とつぜん、ライザが悲鳴をあげた。木からライザへ懐中電灯《かいちゅう》を向けた瞬間《しゅんかん》、例の赤さび色のブタがライザをかすめるように走りぬけ、ライザを草の中へつきたおすのが見えた。

どなりつけると、ブタはわずか数メートル先で止まって、こっちへ向きなおった。まさに大胆《だいたん》不敵。行き場を失い、ひらきなおっている。赤さび色のブタの背後に、二頭の小がらなブタがあらわれた。

手を貸してライザを立たせ、ビャクシンの幹へと引っぱった。

「のぼれ！　押《お》してやるから。フランシーを受けとってくれ」

ライザがいちばん低い枝に手をのばす。ライザの腰《こし》をつかんで、押《お》しあげた。枝の上にしゃがんだライザが腕《うで》をのばしてくる。フランシーを無事に引きわたすと、ライザとフランシーは幹に抱《だ》きつくようにして枝の上に立った。

「ライザ、そのままのぼれ。できるだけ高く！　すぐに行くから」

そのとき、片脚《かたあし》に鋭《するど》い痛みが走り、大きくて毛むくじゃらなものに、木の幹へとつきとばされた。〝赤さび〟に牙《きば》で刺《さ》されたとすぐにわかったが、傷の心配をしている場合じゃない。懸命《けんめい》に立ちあがって、いちばん低い枝に手をのばし、体を引きあげた。

ブタたちが木の根元をとりかこむ。逃《に》げ道を断《た》たれた。

27

ライザとフランシーは、三メートルほど上にいた。フランシーは幹にしがみつき、ライザはその後ろに立って、フランシーの頭上の幹をつかんでいる。ビャクシンは頑丈《がんじょう》な大木だが、今は暴風にゆさゆさと揺《ゆ》れて、きしんでいた。

ライザたちと反対側の幹をのぼっていった。脚《あし》がずきずきと痛む。傷口を懐中《かいちゅう》電灯で照らすと、太ももが八センチくらいざっくりと切れていた。雨水にうすめられたピンク色のジュースのような血が、脚《あし》を伝っていく。

「コート！」ライザのさけび声がした。

「だいじょうぶ、だいじょうぶだ！」

「ばい菌《きん》に感染するわ」

ライザのいうとおりだ。ブタの黄色い牙《きば》についていた目に見えない種々雑多《しゅじゅざった》なばい菌《きん》が、今も傷口でうごめいているのかも――。

「心配はあとでするよ。ふたりを守るほうが先だ」

懐中電灯《かいちゅう》であたりを照らしたところ、予想外のものが浮《う》かびあがった。さっき見かけた黒いクマが、となりの木の幹にしがみついているのが、枝のすきまから見えたのだ。しばらく見つめていると、クマはゆっくりとこっちを向いて、見つめかえしてきた。

「クマさんも……木にのぼってる」と、フランシー。

フランシーに見せるつもりはなかったのだが、なぜか今回はクマを見てもおびえなかった。

光をすっとそらして、フランシーに声をかけた。

「うん。クマくんも、木の上におうちがあるんだな」

「コート……もう……無理」ライザの声がした。

懐中電灯《かいちゅう》で照らすと、ライザもフランシーも脚《あし》が疲《つか》れきって震《ふる》えているのが見えた。寒さのあまり、歯がガチガチと鳴っている。このまま枝に立っていたら、すぐにへたばって、下にいるブタたちのほうへ落ちてしまう。

「こらえるんだ。あと少しだけ、がんばってくれ。アリをフランシーに近づけないようにな」

何本か枝を折って、ぼくが立っている枝と近くの枝の間に渡《わた》し、手早く即席《そくせき》のベンチを作った。さらに救命胴衣《どうい》を脱《ぬ》いで、クッションがわりにベンチに広げると、ふたりを座《すわ》らせた。ライザはフランシーをあたためようと、抱《だ》きよせている。ベンチを支える枝はどちらも先端《せんたん》まで太くて、針のように細長い葉と実がついている。

「クマさんは、すわるところがないよ」と、フランシー。

「クマさんは、木登りが得意なんだよ。あのままで、だいじょうぶなんだ」

「あのクマ、こっちに移ってこないわよね、ね？」と、ライザ。

「うん。心配ないよ。ライザ、ビャクシンの実を集めてくれ。嚙《か》んでペースト状にして、体にこすりつけるんだ。アリよけになる。フランシーには、少し食べさせてくれ。おいしくはないけど、嚙《か》みくだいて、フランシーに食べさせてくれないか」

ライザはうなずいた。

今、そばにいるのがライザでなかったら、全員とっくに死んでるな――。

ライザとフランシーを残して、懐中電灯《かいちゅう》を口にくわえ、木の中を動きまわって枝を集め、ベンチを補強した。

ふと手首にぬるぬるとした不快なものを感じ、つまんで照らしたら、枝からぼくの腕《うで》へ移ろうとしている一匹《ぴき》のヌママムシだった！　うわっ！

ぎょっとしてふりはらい、肩《かた》で息をした。恐怖《きょうふ》で耳の中がじんじんする。

父さんの声が聞こえるようだった。

いいか、ヘビは冷酷《れいこく》で邪悪《じゃあく》そのものだ。飼い慣らすことなどできない。ヘビを創《つく》った神さまは、人間を創《つく》った神さまとはちがうらしいぞ――。

そのあともヌママムシを何匹《なんびき》も見た。黒くて太く、たいてい枝の先端《せんたん》に巻きついている。

まずは、ヌママムシを追いはらわないと。ベンチの補強より、そっちのほうが切実な問題だ。

ほうきの柄《え》くらいの長さの枝を一本見つけた。それを折りとって幹にこすりつけ、枝のこぶをけずって棒状にすると、即席《そくせき》ベンチで無言で身を寄せあっているフランシーとライザのほうを見た。ふたりとも、肌《はだ》にビャクシンの葉と実がはりついている。

ベンチにはもう座《すわ》るスペースがないので、となりにしゃがんで、幹にもたれた。

「交替《こうたい》しようか？」と、ライザがいってくれたが、ぼくは首を横にふった。

ライザは、ビャクシンの実をゆっくりと嚙《か》みつづけている。

「ライザ、フランシーにもあげた？」

うん、とライザがうなずく。

「そのまま、嚙《か》んで。で、肌《はだ》にこすりつけるんだぞ。アリよけになるから」

「そんなの、聞いたことないわ」

「ぼくは聞いたおぼえがある。ためしても害はないだろ」

「コート、脚《あし》の具合は？」

「だいじょうぶ。傷口にも、ペーストを塗《ぬ》ってみるか」

ライザは噛《か》んでペースト状にしたビャクシンの実を口から少し出して、ぼくの脚《あし》の傷口にそうっと塗《ぬ》った。うっ、しみる！　消毒作用がある証拠《しょうこ》だと思いたい。

塗《ぬ》りおわるのを待って、懐中電灯《かいちゅう》をまた口にくわえた。コンパスを木の幹にたたきつけてガラスを割り、いちばん大きい破片《はへん》をつまむ。それを使って棒状にした枝の先を槍《やり》のようにとがらせるという、退屈《たいくつ》な作業にとりかかった。

だがすぐに、手がぶるぶる震《ふる》えるうえ、ガラスの破片《はへん》が小さすぎてうまく削《けず》れないことがわかった。ふと見ると、即席《そくせき》ベンチの枝の一本に裂《さ》け目がある。そこにガラスの破片《はへん》をはさみこみ、かんな代わりにして、枝を削《けず》った。

雨はいっこうにやむ気配がない。唯一《ゆいいつ》の救いは、幹の反対側から突風《とっぷう》が吹《ふ》きつけ、雨を散らしてくれることだ。

ブタたちは、あいかわらず根元でかんだかい声をあげたり、うめいたりしている。小がらな黒ブタが五頭。それと例の赤さびが幹をとりかこんでいる。

シカは見あたらない。たぶん低木の茂《しげ》みの中にかくれているのだろう。まだ暗くて、光がないと遠くまで見えないが、物音からすると、土塁《どるい》のふもとにぞくぞくと動物たちが集まってきているようだ。

「父さん……」

「えっ？」

ライザにたずねられて初めて、ひとりごとをいっていたことに気づき、首を横にふった。

「いや、なんでもない」

それでも、父さんのことを思ってしまう。奇妙《きみょう》なことに、父さんがそばにいて、どうしたらいいか教えてくれ、手を引っ張ってくれる気がする。ぼくの知識は、しょせん、父さんの受売りでしかない。

この非常事態にたったひとりで立ちむかうなんて――。なぜ父さんは、ぼくを置き去りにしたんだ？　頼《たよ》りたくてたまらない肝心《かんじん》の時に、どこにいる？

今ほど見捨てられたと感じたことはなかった。

28

むきだしの背中を雨風にさらしながら、ライザとフランシーをあたためたい一心で、しゃがんでふたりに体をくっつけた。しばらくすると、かたい殻《から》の中にでもいるように、感覚が麻痺《まひ》してきた。ライザとフランシーを抱《だ》きよせたまま、なにも考えず、いつもとちがう慣れないことをしなくていいのは、気が楽だ。

フランシーに星が見えるといわれて初めて、たたきつけるような雨も、うなりをあげて吹《ふ》きぬける風も、やんでいることに気がついた。顔を上げたら、頭上におおいかぶさる樹葉も静かだった。湿地《しっち》は前ほど暗くない。

「ほんとだ」と、ライザ。「星ね」

枝のすきまから、光の点が散らばった夜空が見えた。今までに見たいちばん澄《す》みきった空に負けないくらい、雲ひとつない。

「嵐《あらし》が過ぎさったのね」

「うん……今はな」ライザはフランシーに希望を与《あた》えるつもりか？　それとも、なにが起きているか、本当にわからないのか？「ハリケーンの目にいるんだよ。ハリケーンのちょうど真ん中に」

「ってことは……」ライザは最後までいわなかった。

「うん……そうなんだ」フランシーの顔から髪《かみ》の毛を払《はら》ってやり、そのほおに手のひらを当てた。フランシーの顔は冷えきっていた。くちびるは紫色《むらさきいろ》に変わりつつある。

「もう、おりられるの？」フランシーが小声でいう。

「ううん、まだだよ。ふたりとも、水分をとらないとな」

身を乗りだしてライザの救命胴衣《どうい》をかじり、防水の生地《きじ》を食いちぎってお椀《わん》のようにすると、その口を幹に当てて、垂れてくる水を受けた。水がたまると、すぼめて注ぎ口を作り、ライザの口元に持っていった。

「あーんして」

ライザが口をあけ、舌へ水が流れこむ。ライザはゴクンと飲みこむと、口をとじた。あごから水がこぼれ落ちる。

つづいてフランシーのあごを持ちあげて、同じようにして水を飲ませた。

ふたりに水分を補給してから、ぼくも少し飲んだ。そして切りとった生地《きじ》をライザに渡《わた》し、なくさないようにといった。

今、ほかにできることは、思いつかない。となりの木からクマのうめき声が聞こえたので、懐中電灯《かいちゅう》の光を当てたところ、幹にしがみつきながら小刻みに震《ふる》えているのが見えた。寒いのか？　疲《つか》れているのか？　病気なのか？

木の下では、ブタたちがしきりに鳴いている。ライザとフランシーにブタを思いだしてほしくない。おしゃべりで気をそらしたい。ライザも同じことを考えたらしい。

「あのクマさんには、名前があるわよね、きっと」と、しゃべりだした。

「うん、だよな。フランシー、なんて名前だと思う？」

「……エルモ」フランシーがつぶやく。

エルモ！　ライザもぼくも声をあげて笑った。

「エルモ、か。うん、そうね。第二のエルモだわ」

「エルモも水を飲みたがってるよ」フランシーが、またつぶやく。

「エルモにどうやって水を運べばいいのか、わからないわ。でもね、エルモは湿地《しっち》で水を飲むのに慣れてるから、自分でなんとかできるわよ」

「じゃあ、ヘビはどうするの？」

「ヘビ？　そんなもの、いないよ」

「よく見てよ」と、フランシーがいいかえしてくる。

「わかった。見てみるよ。エルモの木からヘビを追いはらえばいいんだな」

さっき作った即席《そくせき》の槍《やり》を持って、立ちあがった。エルモとの距離《きょり》は、約三メートル。槍《やり》の長さは、二メートル弱しかない。あの木にもたぶんヘビはいるし、どうしようもないとは思うが、やれることはやったとフランシーにわかってもらいたい。

懐中《かいちゅう》電灯を口にくわえ、頭上の枝をつかんでバランスをとりながら、即席《そくせき》ベンチを支える二本の枝の片方の先端《せんたん》へゆっくりと進んでいった。

エルモが顔をこっちに向けて、ぼくを見つめる。

ぼくの体重で、枝がしなった。「エルモ……今……行くからな」緊張《きんちょう》しながら声をかけた。

ぎりぎりまで進むと、懐中《かいちゅう》電灯をくわえたまま顔を動かして、エルモのいる木をぐるっと照らした。エルモのすぐ下に、とぐろを巻いたヘビが二匹《ひき》。まばたきしない、冷たい黒真珠《くろしんじゅ》のような目が光る。エルモのほうへ槍《やり》を差しだしたが、エルモはうなって、もぞもぞしただけだった。

エルモ、落ちつけ。落ちつくんだ――。

槍《やり》の先端《せんたん》で、二匹《ひき》のヘビを枝からはたき落とした。その途中《とちゅう》で、手のとどかない距離《きょり》にもう一匹《ぴき》、ヘビがいるのに気づいた。でも、やれることはやった――。そう思い、足元が安定する場所まで下がった。

エルモは、ずっとぼくを見つめていた。近くで見ると、口の端《はし》から黄色いものが垂れている。エルモは病気だ。たぶん、ヘビに噛《か》まれたのだろう。

「エルモ、がんばれよ」

枝の先端《せんたん》にいる間に、ぼくらのいる木をざっと見まわしてみた。上のほう、手のとどかない位置に、太いヘビが一匹《ぴき》いる。ただし、ライザとフランシーにはいわなかった。ぼくが気づいた現実に、ふたりは気づかないほうがいいのかもしれない。

そう、ヘビはいたるところにいる。しかも、どんどんふえていく――。

29

ライザとフランシーのところへもどったら、ふたりともビャクシンの実のペーストを肌《はだ》にくまなく塗《ぬ》っていた。ぼくが枝の先端《せんたん》に行っている間に、ライザが塗《ぬ》りたくったらしい。

また、雨と風が吹《ふ》きつけてきた。湿地《しっち》も、暗くなってくる。

「星が見えなくなったわね」と、ライザ。

空を見上げなくても、ハリケーンの目がすでに通りすぎ、空に暗雲がもどってきたのがわかる。ハリケーン・イゴールの第二幕、去りゆくハリケーンの猛威《もうい》は、第一幕を上まわる豪雨《ごうう》を降らせそうだ。

「ライザ、夜明けまで、あと何時間？」

ライザが膝《ひざ》に置いた手をあげ、腕《うで》時計を見た。「今は……午前四時だから……」

「じゃあ、あと二時間だな」

解決策でもたずねるように、ライザがぼくを見る。

「あと二時間たてば、父さんが家にもどってきて、ぼくらをさがしに来てくれるよ」

ライザは、なおもぼくを見つめている。無言だが、その目は、ぼくのいったことなど気休めだと悟《さと》っていた。ライザに作り話は必要なかった。そんなものは通用しない。

「嵐《あらし》は、これからひどくなるの？」

「うん。風向きは変わるけどね。そろそろ湿地《しっち》の水が風に飛ばされてくるんじゃないかな」

ライザがもぞもぞして、膝《ひざ》を立て――とつぜん悲鳴をあげて、足を前に蹴《け》りだした。ライザの足を照らすと、かかとに一匹《ぴき》のヌママムシがぶらさがって、揺《ゆ》れていた！　それを見たフランシーが絶叫《ぜっきょう》して身をよじる。

ぼくは幹で体を支えながら、ヌママムシを槍《やり》で強打した。ライザが死にものぐるいで足をふっているので、くりだした槍《やり》は二度外れたが、ようやく命中して引きはがせた。

ライザはパニックを起こし、荒《あら》い息で胸を上下させながら、足を引きよせ、かかとをにぎりしめた。またヒステリックに泣きだしたフランシーを反射的に抱《だ》きよせている。

「クソッ！」落ちつけ、落ちつくんだ、と自分にいいきかせた。「ちくしょう！　ちょっと待ってろ」ひざまずいて、さっき枝の裂《さ》け目にはさんだガラスの破片《はへん》をさがした。「待ってろよ、ライザ」

手で探《さぐ》るうち、ガラスで手のひらを切った。うっと顔をしかめつつ、ガラスを探《さぐ》りあて、裂《さ》け目から抜《ぬ》きとると、ベンチの両側に脚《あし》を垂らしてまたがり、ライザの足へ手をのばした。

「ライザ、足を」

「あ……あたし……ああ……どうしよう……」

ライザはうめきながら体を揺《ゆ》らし、かかとをにぎりしめている。ぼくの声が耳に入らないらしい。

「ライザ！」

ようやく、かかとから手を放した。かかとを懐中電灯《かいちゅう》で照らすと、牙《きば》の跡《あと》がふたつ、ついていた。白い液体と血らしきものが、しみだしている。

ライザのかかとをにぎりしめ、噛《か》まれた傷をひとつずつ、ガラスですばやく切った。ライザが悲鳴をあげて、かかとを引っこめたが、強引《ごういん》に引きもどし、かがんで傷口から毒を吸って、ペッと吐《は》きだした。

ライザは、妹のフランシーのために、必死に気を静めた。「しーっ。フランシー、だいじょうぶよ。ほら、コートが治してくれる」

でも、ライザの脚《あし》が震《ふる》えているのがわかる。ぼくが治してくれるなんて、信じていない。ぼくにだって、わからない。

フランシーが泣きさけぶのをやめて、ライザに抱《だ》きついた。

「コート、全部、吸いだせた？」と、ライザ。といっても、本気で答えを求める口ぶりじゃない。

毒をすべて吸いだすなんて無理だ。けれど、本人にそういう必要はない。

「毒の味がする。かなり吸いだしたよ」

「あたし、どうなるの？」

「さあ、わからない」

「うそ！　知ってるでしょ、コートなら」

そう。知っている。知らなければ良かったのに、知っている――。

30

毒ヘビに嚙《か》まれた大人の男性なら、見たことがある。

ミネソタ州から来た、青白い顔の男性だった。引退した弁護士で、バードウォッチングのために一日案内することになったお客さんだ。そのお客は、しわがれた鳴き声をあげて飛んでいった一羽のアオサギを追っていた。

父さんはふだんからバードウォッチャーにいらつくけれど、このお客にはとくに手こずった。身の安全のために注意したことを、片っぱしから無視するからだ。アオサギならほかにもいるから、ボートからおりないでくれ、といっても聞く耳を持たない。片手に双眼鏡《そうがんきょう》、もう片方の手にカメラをにぎりしめて、勝手にボートをおりると、だらだらと汗《あせ》をかきながら、蒸《む》し暑い茂《しげ》みをかきわけて入っていった。

父さんとぼくはボートに残り、水分をとって待っていた。ほどなく、茂《しげ》みの奥《おく》から女の子のようにかんだかい、お客の悲鳴が聞こえてきた。

「ぬかるみに腰《こし》までうまっちまったんだろうよ」と、父さん。「顔にデカいクモがいたりしてな」

ぼくは、にやりとした。父さんとは、よくクモをジョークの種にして笑っている。

このあたりにいるクモは黒と黄といういかにも危険そうな色をしていて、ぼくの手のひらサイズまで大きく育つ。つねに人が歩きたがる場所に巣を張り、同じ巣に二匹《ひき》以上ぶらさがっていることもある。人間に害をおよぼす毒グモではないけれど、ねばつく巣にうっかり足をつっこみ、首や顔にクモが這《は》ってきたら、誰《だれ》でもぞっとするだろう。

「父さん、様子を見てこようか？」

父さんは顔をしかめ、立ちあがりかけて、ため息をついた。

「いや、おれが行こう」

そして、のんびりと魔法瓶《まほうびん》のふたをしめ、クーラーボックスにしまった。ところが片づけおわる前に、お客がパルメットをかきわけて突進《とっしん》してくる足音が聞こえた。

水辺にあらわれたお客は双眼鏡《そうがんきょう》をどこかになくし、顔にはイバラに引っかかれた赤い線が何本もある。お客は片腕《かたうで》をのばし、怯《おび》えた顔でこっちを見つめた。

「か……噛《か》まれたんだ。毒ヘビに」信じられないといわんばかりの口調だ。

父さんは、そいつは大変だ、などとあわてたりしなかった。なにせこのお客は、朝からずっと大げさに騒《さわ》ぎたててばかりいる。手を貸してボートに乗せると、お客は手首と肘《ひじ》の間についいたふたつの牙《きば》の跡《あと》をぼくらに見せた。

「どんなヘビでした？」

「黒くて……太かった」

「毒ヘビにまちがいないですかね？」

「はあ？　毒ヘビのことなど、知るわけないだろうが！」

「ヘビの頭は幅広《はばびろ》で三角形でした？」

「知るか、そんなこと！　ほら、さっさと出せよ！　医者だ、医者！」

いわれなくても、ぼくはすでにエンジンをかけていた。ヘビに嚙《か》まれていようがいまいが、父さんはこのお客を陸に連れもどす気だ。

「まあまあ、お客さん」と、父さんはお客をなだめた。「もし毒ヘビならば、心拍数《しんぱくすう》をおさえておかないとだめですよ」

「おい、ガキ、早くしろ！」お客は、かまわず、わめきちらす。

最速級の猛《もう》スピードで、ボートを急発進させた。父さんは座席の下の防水ケースからヘビ傷専用救急セットを取りだすと、中身を膝《ひざ》にドサッと落とした。その間も、ぼくは全速力でボートを走らせた。

「お、おい、それはなんだ？」

「ヘビ傷の救急セット。カミソリの刃《は》がありましてね。お客さんの腕《うで》を切って、毒を吸いだすんですよ」

「き、切るだと！　毒ヘビじゃなかったら、どうするんだ？」

「ま、十中八九、毒ヘビでしょうよ」

ジョークのつもりかと、お客はしばらく父さんを見つめていた。

ぼくはスロットルレバーをにぎりしめ、なおもフルスピードでボートを走らせた。陸まで、あと二十分。もしヌママムシに噛《か》まれたのだとしたら、毒を吸いだすよりも病院に運ぶほうが重要だ。病院でまともな治療《ちりょう》を受けられるのなら、ヘビ傷の救急セットなどいっさい使うな、という人もいるらしい。

父さんの考えは読めていた。お客の気をそらしておけば、落ちつかせられると考えたのだろう。

「お客さん、腕《うで》を出して」

「あんた、今までやったことがあるのか？」

「いえ」

「ちゃんとした医者じゃないとだめだ！」

「なら、ご自由に」

父さんは救急セットを片づけると、ぼくの足元の防水バッグから無線機をとりだし、カーリー・スタンソン保安官に連絡《れんらく》した。

「ヌママムシに嚙《か》まれたかもしれないお客がいるんだ。だれか寄こしてもらえないかな？　あと十五分くらいで着く」

「了解《りょうかい》。すぐに手配する」と、保安官が応答する。

「おい、今のはだれだ？」

「保安官ですよ」

「救急車を呼べ！　病院の場所がわからん！　保安官など呼んでどうする？」

「あいにく、ここは携帯《けいたい》の圏外《けんがい》なんで。病院行きの車を手配してもらったんですよ」

「まったく、どいつもこいつも役に立たん！」

父さんは、お客の目を真っすぐ見つめていった。

「そんなに死にたいんですか？」

「な、なんだと？」

「こうしている間にも、ヘビの毒が血流に乗って、全身をかけめぐっているんですよ。ひょっとすると、致死量《ちしりょう》かもしれない。動けば動くほど、しゃべればしゃべるほど、血の巡《めぐ》りは速くなる。すでに腕《うで》の筋肉の組織は毒にやられている……。運が良ければ、切断せずにすむかもしれませんがね」

お客は息をのんで、答えなかった。

「ほら、真っすぐ前を向いて、だまってなさいよ」

お客は子どものようにだまってうなずくと、座《すわ》ったまま、ゆっくりと進行方向へ向きを変えた。そのあとは、お客の声を聞かなかった。お客を係留所でおろすと、カーリー保安官本人が待っていて、病院へ連れていった。

お客と保安官を見おくったあと、父さんは、きっと訴《うった》えられるな、といった。

結局、訴《うった》えられることはなかったが、お客は医者に肘《ひじ》から先を切断された。

31

顔から雨水をぬぐい、傷口から吸った毒をペッと吐《は》いた。

「死ぬことはないよ、ライザ。たぶん腫《は》れて、気持ち悪くなるとは思うけど」

「コート、木に注意して。ヘビを追っぱらって」

追っぱらえるわけがない。それでもまた立ちあがり、足の下の幹を懐中電灯《かいちゅう》で照らした。

小さなやつが一匹《ぴき》いる。じつは子どものヘビはいちばんたちが悪い。毒を過剰《かじょう》に注入しがちなのだ。木の根元にいるブタたちの背中に落ちるよう、小さなヘビを槍《やり》でそうっと幹から外した。

「ちっちゃいやつだった」といったが、ライザは無言だった。

そのあとも幹の向こう側やベンチの下をのぞくため、体をねじ曲げたり、ひねったりして、ヘビさがしをつづけた。また一匹《ぴき》見つけて、槍《やり》で宙にはじき飛ばした。幹にじっと目をこらすうち、ヘビたちの黒々《くろぐろ》と光る目を見分けられるようになった。懐中《かいちゅう》電灯の弱い光がおよぶ範囲《はんい》だけで、五匹《ひき》のヘビを追いはらった。

でも、ほかにもぜったいいるし、きっともっとやってくる。

ライザとフランシーはぼくのとなりで体を丸めて震《ふる》えながら、無言でじっと耐《た》えていた。その顔を、雨水が流れていく。

ライザの足は見たくなかった。考えるのもこわい。とにかく今は、これ以上悪いことが起きないようにするしかない。もしフランシーもヘビに嚙《か》まれたら、たぶん死ぬ。ライザもあと一回嚙《か》まれたら、きっと命はない。

ふたりのために、しっかりしないと。ぼくにまかせておけばだいじょうぶだ、と思わせないと――。

でも、頭の中はぐちゃぐちゃだ。

ああ、父さん。どうしたらいいんだよ、父さん？

父さんへの怒《いか》りをぐっとこらえた。ふしぎなことに、もしぼくが腹を立てていたら、父さんが助けてくれない気がしたのだ。

この二時間は、暗闇《くらやみ》の中、ベンチで腹這《はらば》いになり、根元にいる赤さび色のブタや小がらなブタたちをちらちらと見つつ、下の幹を監視《かんし》しつづけた。ビャクシンは、暴風でゆっさゆっさと揺《ゆ》れている。

となりの木にいるクマのエルモのほうを見た。エルモは木をのぼろうとしているが、うまくいかないようだ。孤独《こどく》にがんばっているその姿を見て、仲間を見つけた気がしてくる。目をそらし、哺乳類《ほにゅうるい》と爬虫類《はちゅうるい》のちがいについて考えた。

哺乳類《ほにゅうるい》のブタは、飼育するとおとなしいペットになる。もちろん、哺乳類《ほにゅうるい》の犬も同じだ。ペットのクマもテレビで見たことがある。哺乳類《ほにゅうるい》は食糧《しょくりょう》さがしという悩《なや》みをとりのぞいてやれば、愛情や忠誠心や友情という概念《がいねん》を頭に植えつけられるらしい。しかし自活させると野生化し、殺しをいとわなくなる。イヌはオオカミになるし、ブタは剛毛《ごうもう》と牙《きば》が生え、体が引きしまり、残忍《ざんにん》な殺人鬼《さつじんき》になる。

となりの木でなおも幹をのぼろうともがくエルモを観察した。あの鈍《にぶ》そうな頭の奥《おく》に、あたたかい感情がかくれているのか？　生き残りをかけた日々《ひび》の戦いの中でも、消えずに残った感情があるのか？

ぼくらの頭上にもヘビがいるかもしれない。いないと思う理由がない。

もしかしたらエルモは、頭上のヘビたちの中へ、つっこんでいこうとしているのかもしれない。エルモ、じっとしてろ。そんなふうに動くな。もうすぐ、夜明けだぞ。

ぼくらの頭上にいるヘビは、たぶんじっとしているか、さらに上をめざすだろう。ヘビたちだって、木から離《はな》れたら、まちがいなく死ぬ。となると、ぼくにできるのは、下から這《は》いのぼってくるヘビの流れを断《た》つことだ。そいつらをライザとフランシーに近づけなければいい――。

槍《やり》をにぎりしめ、また幹に目をこらした。


鈍《にぶ》い薄明《うすあ》かりに照らされて、湿地《しっち》が徐々《じょじょ》にその姿をあらわした。ブタたちの背中だけでなく、目と牙《きば》も雨の中に浮《う》かびあがる。

低木の茂《しげ》みの中には、シカが二頭。緑の葉、黄色の茎《くき》――。なにもかもが、ずぶ濡《ぬ》れで、ひしゃげている。鳥のさえずりも、リスの鳴き声もしない。聞こえるのはブタの低いうなり声と、坂の下からときどき響《ひび》く、湿地《しっち》の水がはねる音だけだ。

夜明けとともに、土塁《どるい》にはおだやかな静けさが漂《ただよ》った。

なんとかベンチに腰《こし》かけ、ライザとフランシーのほうへ向きなおった。ライザの足に目が吸いよせられる。二倍に腫《は》れあがった足は紫《むらさき》と黒に変色し、足首には赤い筋が何本も走っていた。ふたりとも寒さのあまりぶるぶる震《ふる》え、具合が悪そうだ。フランシーは膝《ひざ》に押《お》しつけるようにして体を丸め、ライザと顔をうずめあっている。

「ライザ」返事はない。「朝だよ」

ライザはわずかに体を動かしただけだった。なにかしゃべってほしい。

「なあ、ライザ、昔、小川でよくウシガエルをつかまえたよな？　父さんが、きれいに洗ったカエルの足を油で揚《あ》げてくれてさ。いっしょに食べたよな。おぼえてるか？」

ライザは、身じろぎもしない。

「足があんまり小さくて、カニのはさみを食ってるみたいだった。それでも世界一おいしいって思ったよな」

突風《とっぷう》が吹《ふ》き、ライザのほおに濡《ぬ》れた葉が一枚、ぺたっと貼《は》りつく。手をのばして、取ってあげた。

「なあ、ライザ、おぼえてるか？　いっしょにカエルの足を売りあるいて、いっぱいもうけようなんていったりしたよな」

ライザは無言のままだ。

「ライザ、たのむよ、なにかしゃべってくれ」

「気持ち……悪い」ライザがぼそっという。

「わかった。なにもいわなくていい。じっとしてて」

ライザの足をしげしげと見た。少しでも腫《は》れを引かせるために、何カ所か切ったほうがいい？　いや、傷口が雑菌《ざっきん》に感染しかねない。これといった解決策がないのは、今のこの状況《じょうきょう》と同じだ。

ふと、自分の太ももも、ずきずきすることに気づいた。見ると、雨ざらしの傷口は無残に大きく口をあけ、レアステーキのような肉がのぞいていた。ライザと同じく、感染による赤い筋が何本も、太ももを走っている。

もし、この場所で死ぬとしたら、いったい何通りの死に様があるのだろう？

32

ビャクシンの実をいくつかつまんで、嚙《か》みつぶし、ジューシーなペーストにして、ライザの傷口にそうっと塗《ぬ》った。ライザはうっとひるんだが、文句はいわなかった。

もし生きのびられたとしても、ライザは脚《あし》を失うかもしれない。そうなったら、ライザは変わってしまうだろう。でも、ライザに対するぼくの気持ちは変わらない。ぼくの人生で、ライザほど勇敢《ゆうかん》な人は、二度とあらわれないと思う。

実をさらにつまんで、嚙《か》みつぶした。梢《こずえ》のすきまから、頭上に張りだした樹葉を観察した。夜間ほどしなったり、はためいたりしていない。たまに突風《とっぷう》で揺《ゆ》れて落ち葉と水滴《すいてき》が降ってくるし、霧雨《きりさめ》の空は黒ずんだ綿のようだし、ハリケーン・イゴールの攻撃《こうげき》はまだ終わっていないが、勢力が弱っているのはまちがいない。たぶん今は、過ぎゆくハリケーンが広範囲《こうはんい》に引きずっていく熱帯暴風雨の下にいるのだろう。

鈍痛《どんつう》をなるべく無視して、太ももの傷口にビャクシンのペーストを塗《ぬ》ってから、根元に目をこらした。からみあう大枝がじゃまで見えないが、坂をほんの十四、五メートル下ったあたりまで水が来ているはずだ。

とつぜん、左側で赤さび色のブタのかんだかい鳴き声がし、小がらなブタたちがいっせいに低木の茂《しげ》みに逃《に》げこむ足音がした。見ると、赤さびが地面をかき、牙《きば》で泥《どろ》を掘《ほ》りだしている。

赤さびは一匹《ぴき》のヌママムシをくわえてあとずさると、ヌママムシをふりまわして、投げつけた。絶命したヌママムシが、濡《ぬ》れた木の幹に力なくぶつかる。赤さびは低いうなり声をあげ、また地面をかいたかと思うと、横にダッシュし、ふたたびヌママムシを餌食《えじき》にした。

赤さびがヘビ殺しをつづけている間に、小がらなブタたちが茂《しげ》みから出てきた。その中の一頭が一匹《ぴき》のヌママムシの死骸《しがい》に近づき、においをかぎ、肉を裂《さ》いて食べはじめる――。

ライザがうめくようになにかいったので、ライザとフランシーのほうを向いて、声をかけた。

「今のはブタたちだよ。だいじょうぶ、ここまでのぼってこないから……。フランシー、今年のクリスマスはなにがほしい？」

フランシーは顔を上げなかったが、小声で答えてくれた。

「消防車」

「えっ、消防車？」

フランシーはライザの肩《かた》にあごを寄せた。

「うん、本物の消防車。ナマズを乗せてあげるの」

ぼくは、思わずほほえんだ。

「なあ、ライザ、地球の中心に向かう人たちの映画を、前にいっしょに観《み》たよな？　そのあとライザの家の裏庭に、シャベルで穴を掘《ほ》ったよな？」

あいかわず、ライザの反応はない。

「いいよ、答えなくて。ぼくがしゃべるから、ふたりとも聞いてて。フランシー、ぼくとライザで穴を掘《ほ》ったんだよ。恐竜《きょうりゅう》がいて、地底湖のある場所まで、たどりつけるんじゃないかと思ってね。かなり大きな穴を掘《ほ》らなきゃ、って思ってさ。そうしたら雨が降ってきて、すっかり――」

そのとき、ビャクシンの下のほうになにかが衝突《しょうとつ》した。野球のバットで幹を殴《なぐ》ったような音がする。のぞいたら、赤さびが下がっていくのが見えた。口から血を流し、狂犬病《きょうけんびょう》にでもかかったように、全身を異様に震《ふる》わせている。フランシーがしくしくと泣きだした。

「ここまでのぼってこないよ。フランシー、だいじょうぶだから、な」

赤さびが地面をかきだし、ふたたび突進《とっしん》して、ぼくらを枝からふりおとすつもりか、ビャクシンに体当たりした。ビャクシンはさほど揺《ゆ》れなかったが、ぼくは無意識に枝をにぎりしめていた。赤さびは、またしても幹に体当たりした。今度は牙《きば》をぶつけ、顔をふりまわし、幹に噛《か》みついて、鋸《のこぎり》のように歯を動かし、かじりつづけて白い傷をつけている。

あいつ、発狂《はっきょう》してる！

たぶん、ヌママムシの毒にやられたのだろう。あそこまで怒《いか》り狂《くる》った動物は見たことがない。

赤さびはさらに数分間、ビャクシンの幹をかじっていたと思うと、急にエルモのいる木のほうを向き、そっちに突進《とっしん》して体当たりした。エルモがうめき声をあげる。エルモの様子をうかがうと、顔を幹に当てて下を向いているので目は見えないが、腹が上下しているので生きてはいる。エルモのうめき声は、赤さびを逆上させたようだ。頭を上下させ、幹をかじりながら、エルモのいるミズナラの周囲を回っている。

数分後、赤さびは急に攻撃《こうげき》をやめた。まわりでは、小ブタたちが葉をかきわけてヘビをさがし、死んだヘビも生きたヘビも食べている。

とつぜん、赤さびがその中の一頭に襲《おそ》いかかり、小ブタを低木の茂《しげ》みの中につきとばして、自分も飛びこんだ。茂《しげ》みの中に茶と黒の毛がおぼろげに見え、かんだかい悲鳴が何度も響《ひび》く――。

ほかの小ブタたちは、恐《おそ》れをなして散りぢりになった。

すぐに動きがやみ、牙《きば》から血を垂らした赤さびが茂《しげ》みからあらわれた。少しの間、ビャクシンをじっと見つめると、向きを変え、また茂《しげ》みの中へ突進《とっしん》した。数分間、悲鳴と襲撃《しゅうげき》の音が響《ひび》く。やがて、なにかが湿地《しっち》の水につっこむ音と、低いうなり声を最後に、あたりはしんと静まりかえった。

どこかに消えたふりをしているのだ！

ためしに枝を一本折って、落とした。枝が地面に落ちた瞬間《しゅんかん》、赤さびが茂《しげ》みから猛然《もうぜん》と飛びだし、枝を粉々《こなごな》に砕《くだ》く。

木をのぼってこないとわかっていても、血に飢《う》えた赤さびを目《ま》の当たりにして、ようやくある事実を思いしらされた。

なにか手を打たないかぎり、この土塁《どるい》に残っていたら、いずれ殺される。木の上に避難《ひなん》するだけでは、命を捨てたも同然だ。

「助けを求めに行ってくるよ」

ライザはこっちを見なかったが、ぼくの腕《うで》に手をのばし、やさしくにぎってくれた。

「ライザとフランシーをここから助けださないとな」

ライザがわずかに顔を上げて、とじていた目をあけた。

「ライザ、もう少し、ねばれるか？」

「気持ち……悪い……」

「うん、だよな。できるかぎり、水分をとってくれ。さっき渡《わた》した生地《きじ》、なくすなよ」

「フランシーを……支えきれない……かも……」

ライザの救命胴衣《どうい》には、胴衣《どうい》をしめるストラップが三本、平行についている。いちばん上のストラップのバックルを外して、ストラップを引っぱった。背中で引っかからないように、ライザがわずかに動いてくれた。ストラップを引きぬくと、その端《はし》に外したバックルをつけなおした。まだ長さが足りないので、もう一本ストラップを引きぬいて、最初のストラップと結んで一本にした。

「ライザとフランシーを、木に固定するからな」

ライザが、またぼくの腕《うで》をにぎった。

「今さら……なにが……できるの？」

「さあ。でも、なにかやってみるよ。このまま、じっとしていられないだろ」

引きぬいてつないだストラップを木の幹にぐるっと回し、フランシーの救命胴衣《どうい》の肩《かた》の下に通してから、ライザの体に一周させると、先端《せんたん》をバックルに差しこみ、ストラップを引っ張って、きっちりとしめた。さらに、即席《そくせき》の槍《やり》をライザの膝《ひざ》に置いた。

「ブタたちがヘビを殺してるんだ。もう木をのぼってくるヘビはいないと思うけど、万が一のために、これを渡《わた》しておく」

「助けを求めても……このあたりには……だれも……いないわよ」

「うん。けれど、ただ待っていても、誰《だれ》も来てくれないだろ。氾濫《はんらん》した水も、当分、引きそうにないし」

「でも……ワニが……」

フランシーをちらっと見てから、ライザに視線をもどす。その目は、悟《さと》っていた。ぼくの覚《かく》悟《ご》を――あえて口にしない覚悟《かくご》を――ライザはちゃんとわかっている。

「ぼくらには、あまり時間がないんだ」

ライザが、尻《しり》の下に敷《し》いているぼくの救命胴衣《どうい》をとろうとする。ぼくはその腕《うで》をつかんで、止めた。

「スピードが遅《おそ》くなるだけだから。そのままでいい」

ライザは手を膝《ひざ》に引っこめると、静かに泣きはじめた。

33

赤さびは息を荒《あら》らげながら、幹のまわりを回っている。小ブタたちは見あたらない。少なくとも二頭は、赤さびにやられたはずだ。生き残った小ブタがいるとしたら、低木の茂《しげ》みにかくれているにちがいない。

この赤さびをかわして、水辺まで行く方法を見つけたとしても、その先にはワニが待ちかまえている。

でも、ここに来るときは、ワニに襲《おそ》われずに川を渡《わた》りきれた。ワニの数がふえているとしても、一《いち》か八《ばち》かでやってみるしかない。

頭上に張りだした樹葉をあおぎ見た。木から木へと飛びうつって、赤さびが追いつくまでに、水辺にたどりつけないものか？　この木から飛びうつれる距離《きょり》にある木々《きぎ》は、どれもぼくの体重に耐《た》えられそうにない——エルモがしがみついている、太いミズナラ以外は。ミズナラの先は下り坂で、ぼくの体重を支えられそうな若い木がそこそこある。

いや、無茶だ。エルモも、赤さびと同じく、たぶんヌママムシの毒にやられている。ぼくをずたずたに引き裂《さ》くかもしれない。

それでも――。赤さびはためらうことなく襲《おそ》ってくるだろうが、エルモはどうだろう？　たとえ赤さびと同じくらい狂《くる》っているとしても、木にしがみついている以上、襲撃《しゅうげき》するのはむずかしい。

もしミズナラにジャンプして、エルモの下の幹をつかめるとしたら？　そうしたら、エルモが襲《おそ》ってくる前に、次の木にジャンプできるかも――。

自分がやろうとしていることをじゅうぶん理解するにつれて、心臓がドキドキしてきた。恐《きょう》怖《ふ》を必死にのみこんで、自分にいいきかせる。

こうするしかない。赤さびより先に水辺にたどりつけるのなら別だが、それは無理なのだから。

これより安全な策はない――。

ライザの膝《ひざ》から槍《やり》をとり、枝の先端《せんたん》へ進んだ。エルモがふりかえって、こっちを見る。槍《やり》をゆっくりとのばしたら、その先っぽをエルモが目で追った。槍《やり》でエルモの尻《しり》をそっとつつく。

「ほらほら、たのむよ」

エルモはもぞもぞし、いらついてうなった。

「エルモを傷つけないで」フランシーがつぶやく。

「わかってるよ」

また槍《やり》の先っぽでつつくと、エルモはもぞもぞと幹を少しのぼった。

「そうそう、その調子」

さらにつつくと、エルモは一メートル半から二メートルほどのぼり、ぼくが飛びうつっても手のとどかない距離《きょり》にどいた。もっと上に行ってほしいところだが、ぼくにはこれが精一杯《せいいっぱい》だ。

ライザのところまでもどり、膝《ひざ》に槍《やり》をもどした。

「コート?」ライザがそっとたずねてくる。

「だいじょうぶ。そろそろ行くよ。こうするしかないんだ」

ライザが顔を上げて、ぼくを見た。その目はまだ赤く、涙《なみだ》が残っていた。

「フランシーは……落ちちゃう?」

「いや。ストラップでちゃんと留めたから、落ちない。フランシーもライザも落ちないよ」

ライザがうなずいて、またうつむく。

フランシーの顔から髪《かみ》の毛を払《はら》ってやり、ストラップが幹にしっかりと巻きついているのを確かめると、立ちあがって、枝の先端《せんたん》へ歩いていった。

これからやろうとしていることを、じっくりとシミュレーションする――。うまくやりとげる方法などないのは、一分間でわかった。とにかくジャンプして、つかまる場所を見つけるしかない。いったん枝にしがみついたら、できるだけ早く次の木にジャンプするのみだ。

えいやっ、と飛びだして、エルモのミズナラに衝突《しょうとつ》し、つかまる場所を必死に両手で探《さぐ》った。ヌママムシと赤さびのイメージが、悪夢のように脳裏《のうり》をかけめぐる。あたふたしていると、エルモの吠《ほ》える声がした。すぐ耳元で吠《ほ》えたような――。なにもかもがあっという間で、わけがわからない！

飛びうつった場所から二メートルほど下にある、一本の細い枝につかまった。下では赤さびが怒《いか》り狂《くる》い、ミズナラを噛《か》みちぎる音がする。すばやく顔を上げたら、エルモがこっちを見おろしていた。動く気配はない。

身がすくむような恐怖《きょうふ》をこらえ、懸命《けんめい》に枝を伝って移動し、幹にしがみついた。エルモが動く音がし、ミズナラが揺《ゆ》れる。また見上げると、エルモは幹をのぼっていた。

そう、それでいい。やった、考える時間ができた！

たとえ赤さびが下で怒《いか》り狂《くる》っていても、心を落ちつかせ、考えをまとめるのだ。

ここからだと位置が高くて、湿地《しっち》の水はまだ見えない。でも下り坂なので、木の梢《こずえ》もだんだん下がっていく。少なくともあと一回は、別のミズナラの枝に飛びうつれそうだ。

枝を踏《ふ》みしめ、どの木にするか目をこらし、すぐに低めの木を見つけ、えいやっ、と飛んだ。

二本目の木にしがみついてから、下をのぞいてみた。赤さびは、まだ追いかけてくる。そのとき、一頭の雌《め》ジカが、低木の茂《しげ》みをかきわけて奥《おく》へと逃《に》げた。つづいて一匹《ぴき》のヌートリアが——ビーバーくらいの大きさの巨大《きょだい》なネズミだ——倒木《とうぼく》の下にすばやくもぐりこむのが見えた。

土塁《どるい》には、まだ動物がおおぜいいる。すべてが赤さびの犠牲《ぎせい》になったわけじゃない。重なりあった葉と枝のすきまから、湿《しっ》地《ち》の水がちらりと見えた。ミルクチョコレートの色をしていて、波のようにうねっている。

けれど、もう、飛びうつれそうな木はない。ここまでで限界だ。

今は木の上のほうにいるが、次にとれる行動をしっかり見きわめるために、葉の少ない下の方へ移動することにした。ヌママムシに気をくばりつつ、足で枝を探《さぐ》りながら、おりていく。地面に近づくにつれて、ここより上の坂に三頭のブタが見えた。赤さびがこっちに近づき、鼻を鳴らして、ぼくをじっと見つめる。

地上三メートルほどの位置まで来ると、湿《しっ》地《ち》がよく見えるようになった。

水辺に動物は一匹《ぴき》もいない。赤さびでさえ、これ以上坂を下るのをしぶっているようだ。

次の瞬間《しゅんかん》、理由がわかった。

水辺に黒いワニが四頭、身じろぎもせずに寝《ね》そべっていた。四頭とも、雨にも風にもびくともしない。ワニにしてみれば、水辺に浮《う》かんでじっと待つのがいちばん楽だ。ワニたちの周囲には、食いちぎられてピンクの肉があらわになった、雨ざらしの死骸《しがい》がいくつも浮《う》いている。大半がブタで、シカが数頭、ヘビもいる。四頭のワニの向こうにも、数頭のワニがいた。ワニが一カ所にこんなに集まっているのは、見たことがない。ほかの土塁《どるい》の向こう側には、何頭のワニが集まっているのだろう?

いずれ、ぼくだけでなく、土塁《どるい》にいるすべての動物が、ワニたちの冷酷《れいこく》な目と歯にさらされることになる——。

34

次のジャンプは、死へのダイブだ。その瞬間《しゅんかん》を引きのばしたくて、木にしがみついていた。赤さびがまた鼻を鳴らし、ぬかるみに顔をこすりつける。

よし、もう、終わらせよう！

坂の下に残っている、まばらな木々《きぎ》に視線をもどした。ジャンプできる範囲《はんい》に、ぼくの体重を支えられそうな木は見あたらない。唯一《ゆいいつ》可能性がありそうなのは、一本の細いエノキだ。

もしエノキの幹に飛びうつれたら、ぼくの体重で木が水辺の方へしなるとか？　大きくしなったら、そのまま水辺のワニたちを飛びこえて、湿地《しっち》に飛びこめるかも。そのときは、命がけで泳ぐしかない。ぼくは泳ぎは速い。でも、ろくに泳がないうちに、赤さびやワニたちにつかまるかも――。

もっとましな計画を立てないとだめだ。

「……父さん」声に出して呼んでみた。

もちろん、だれもいない。計画を立てること自体、意味がない気がする。この状況《じょうきょう》で、まともな計画などあるわけがない。

八方ふさがりだ。水に浮《う》いている大量の死骸《しがい》と同じように、きっとぼくもむごたらしい死を迎《むか》える。死を迎《むか》える準備として、痛みについて考えた。つかまってがぶりと嚙《か》まれた動物は痛みを感じない、と父さんは前にいっていた。瞬時《しゅんじ》に深部組織を損傷した肉体は、神経が麻痺《まひ》して――。

いや、なんのなぐさめにもならない。

ライザとフランシーのほうをふりかえったが、見えなかった。たまらなく寂《さび》しい。ライザの元にもどりたい。ひとりきりで死にたくない。

だめだ、考えろ！　どんな選択肢《せんたくし》がある？　この木にそう長くとどまれないし、引きかえすこともできない。となれば、とるべき道はただひとつ。

「……父さん」また、声に出して呼んでみた。

父さんの別の言葉を思いだした――水中では手脚《てあし》をばたつかせるな。ワニたちを刺激《しげき》するな。びくびくしながら泳ぐな。歩ける浅瀬《あさせ》は堂々《どうどう》と歩け。

また、赤さびを見た。こっちをひたと見すえている。

赤さびは水辺に近づかない。ワニたちがいる間は、水辺に来ない――。

ああ、もう、悩《なや》みたくない！　たくさんだ！　さっさと終わらせたい！

えいやっ、とジャンプして、エノキにしがみついた。エノキはほとんど抵抗《ていこう》せず、大きくしなって、ポキンと折れ――気がついたらぼくは、冷たい濁《にご》った水の中で沈《しず》みつつあった。

アドレナリンが電気ショックのように瞬時《しゅんじ》に全身をかけぬける。歯を食いしばってショックをはねのけ、両腕《りょううで》をつきだし、大きく水をかいて浮《う》きあがった。ゆっくりと水面から顔を出し、足先が底につくまで、あえてあたりを見なかった。

かたいものが片脚《かたあし》をかすめ、左側で水が渦《うず》を巻く。胸の中がパニックでふくれあがった。筋肉がこわばり、空っぽの樽《たる》が鳴るように、心臓の鼓動《こどう》が大きく響《ひび》く。

「だいじょうぶ。落ちつけ」小声で自分にいいきかせた。

恐怖《きょうふ》をこらえ、足をおろすと、胸まで水はあるが、立てた。水底はまだ下り坂なので、歩きつづけるのは無理だ。目の前はすべて底なしに見える。

とりあえず、近くにワニは一頭もいなかった。ぼくがとつぜん水に飛びこんだので、おどろいて潜《もぐ》ったにちがいない。ふりかえったら、水辺の岸にはワニたちがいた。数頭はこっちへ顔を上げ、ぼくをじっと見つめている。

行くぞ。落ちつけ。ここから抜《ぬ》けだすんだ――。

身を乗りだして、水に両足を浮《う》かせると、ボトル・クリークのある方角をめざして、平泳ぎで泳いだ。水をはねないように、ゆっくりと、リズミカルに水をかく。あごを沈《しず》めず、視線は前に向けておく。足は引きずるようにして、できるだけ静かにキックする。腹の下でなにかがぐるぐる回るのを感じるが、あわてずに泳ぎつづける。

なにかが胸をこすった。またしても胸の中に、すさまじいパニックがふくれあがる――。ただの細い木の枝だった。パルメットの先端《せんたん》かもしれない。

止まるな――。

背後の土塁《どるい》の物音が消えていき、雨と木々《きぎ》を揺《ゆ》らす風の音だけになった。

顔を上げて泳ぐ一匹《ぴき》のヌママムシが、左側を通りすぎていった。だれかに襲《おそ》いかかるのではなく、遅《おそ》まきながら土塁《どるい》に避難《ひなん》するらしい。ライザとフランシーが心配でたまらないが、あの土塁《どるい》を離《はな》れられて、正直ほっとする。

ワニへの恐怖《きょうふ》がうすれていき、別のさしせまった問題が浮《う》かんできた。

このままテンソー川まで、一・五キロくらい泳ぎきる自信はある。でも、はたしてテンソー川を見つけられるのか？　コンパスはないし、湿地《しっち》は増水して様子が一変しているのに、見つけられるのか？

無事にテンソー川にたどりつけたとしても、氾濫《はんらん》した川をどうやって渡《わた》ればいい？

35

木立が途切《とぎ》れた場所まで来た。ボトル・クリークに到着《とうちゃく》だ。

一本のミズナラにしがみついて休憩《きゅうけい》し、あたりを見まわして考えた。太陽が分厚い雲にかくれているのでわかりにくいが、たぶん昼前だろう。おおいかぶさる樹葉のすきまから山風のように吹《ふ》きつけてくる突風《とっぷう》のうなりが、さっきより大きく響《ひび》く。

木立の切れ目と水面のさざ波をのぞけば、どこまでがボトル・クリークで、どこからが氾濫《はんらん》した水なのか、見分ける目安はなにもない。すべてが合わさり、一本の巨大《きょだい》な川となって、南へ流れていく。

とりあえず問題のひとつは、単純に解決したことに気づいた。湿地《しっち》全体が川となって下流の南へ向かっているのだから、流れに対して直角に泳げば、東にあるテンソー川にたどりつけるはずだ。

前に川を渡《わた》ったときは、顔に当たる風を利用した。今回は水を同じように利用することにした。なんとも大ざっぱな方法だが、どんなにささいな手がかりでも、今は貴重な情報になる。

もう、ブタもヘビもワニもこわくない。すべて過去の敵だ。今の敵は、水と時間。大量の危険な水と、足りない時間だ。早く行けと急《せ》きたてるように、太ももの傷を小魚にかじられ、一《いっ》瞬《しゅん》痛みが走る。ハエを追いはらうように、水中で両脚《りょうあし》を動かした。この湿地《しっち》は、つかの間の休息も与《あた》えてくれないらしい。

「ライザ、フランシー、待ってろよ！」

声に出していってから、流れに逆らって両脚《りょうあし》を蹴《け》り、両腕《りょううで》を大きく動かして、ボトル・クリークへ入っていった。氾濫《はんらん》した湿地《しっち》を一・五キロ以上泳ぐなんて、ほかのときなら狂気《きょうき》の沙《さ》汰《た》だが、このひと晩でくぐりぬけてきたことを思えば楽勝だ。

対岸の木立を通過し、ふたたび樹葉の影《かげ》に入った。

顔を上げたまま、水浸《みずびた》しで様変わりした土地を平泳ぎで進んだ。水の流れをほおに感じ、はるか前方に見える木を目印にしながら、リスやアライグマやフクロネズミたちのそばを通りすぎた。動物たちのいる水中に沈《しず》んだ木の頂は、今やぼくの目の高さと同じだ。またしてもヌママムシとアリがいたが、よけずにつき進んだ。

もう、時間の感覚も距離《きょり》の感覚もない。

とにかく顔を上げつづけて、水をかく。目印となる木を見つけて、ひたすら泳ぐ。

母さんのことを考えた。ひさしぶりに、母さんに腹が立たなかった。ただ、無事でいてほしい。母さんも父さんも、無事ならそれでいい。父さんと母さんはさんざん揉《も》めたけれど、すべて時間のむだだったように思えてくる。

母さんは家を出て良かったのだ。父さんと母さんの歯車は、噛《か》みあわなくなってしまった。母さんだって、昔はライザのような女の子だった。ただ、こんな生活が待っているとは思っていなかった。幸せになりたかっただけなのだ。家を出て、今は幸せならば、ぼくも母さんを好きになれるかもしれない。父さんだって、愛する母さんには幸せになってほしいに決まっている。ただ、家を出たことで母さんが幸せになったというのが、わからないのだ。

もしライザが離《はな》れていっても、ぼくは同じように思うだろう。離《はな》れたくはないけれど、ライザが幸せになれるのなら、うれしい。それがライザのためになるのなら――。

吹《ふ》きさらしの広大な水たまりにさしかかった。一本のイトスギにしがみつき、だだっぴろい水たまりを観察するうち、すぐにピンと来た。これは、昨晩通りかかったジャグ湖だ！　雨と風をよけるため、水を蹴《け》って木立の中にもどり、コースを微《び》調整して進んだ。

テンソー川の気配は、見る前から感じていた。前方の水流に強く引っぱられたのだ。すさまじい水力で、来るものすべてをぐんぐん吸いこむ、川という名の化け物だ。

泳ぐスピードを落とすと、木立の中を舐《な》めるように勢いよく流れる水音が聞こえる。

かろうじてつないできた、ささやかな希望が断《た》たれた。

もう、どうしようもない。一巻の終わりだよ、父さん――。

それでも心の声に耳をふさいで、泳いでいった。もうすぐすべて終わると思うと、かえってほっとする。きっと渦《うず》に引きこまれ、暗い水中を回転する。息がつまるのは、ほんの一瞬《いっしゅん》。やれることはすべてやったと思いながら、目の前が暗くなっていくにちがいない。

もし死に方を選べるのなら溺死《できし》がいい、と父さんは前にいっていた。溺死《できし》なら痛い思いをしないですむ、というのだ。その気持ちは、わからないでもない。

川にたどりつく前に、水流にのまれた。とっさに一本の木にしがみつく。脚《あし》を下流に引っぱられ、押《お》しよせてくる水を顔にまともに浴びながら、そこにとどまった。

川風が、これでもかとばかりにうなりをあげる。まるで、最初からここが嵐《あらし》の源だったかのようだ。

両脚《りょうあし》が痙攣《けいれん》しはじめるのがわかった。その痙攣《けいれん》が両腕《りょううで》に伝染する。ごつごつした木の幹に、ほおを押《お》しあてた。ライザとフランシーが、はるか遠くに感じられる。

「……父さん！」大きな声で呼んでみた。

もう、終わりにしたい。心底、疲《つか》れた。ひとりで空回りするゲームは、もうたくさんだ。なぜ、がんばらなきゃいけない？　がんばったところで、どうなる？

そのとき、またしても、ライザとフランシーの姿が脳裏《のうり》をよぎった。あちこちに散らばる死《し》骸《がい》の上で、木の幹に結びつけられ、なにもできないライザたち――。

あのふたり以上に、とことん苦しむことならできる。それが、ぼくにできるせめてものことだ。

幹から手を放し、水流に吸いこまれた。別の木に横ざまに激突《げきとつ》し、脇腹《わきばら》に鋭《するど》い痛みが走る。身をよじって、その木を蹴《け》った。そのあとも次々《つぎつぎ》と流木にぶつかりながら、すさまじい音をたてて流れるテンソー川へと、徐々《じょじょ》に斜《なな》めに流されていく。

気がつくと、テンソー川がせまっていた。とほうもなく広大な、すさまじい濁流《だくりゅう》だ。ゴミと流木が、白い点となって散らばっている。

浮《う》き沈《しず》みをくりかえしながら、とっさにイトスギの枝にしがみついた。

つかまる物を見つけないと！　流木の幹とか。それにつかまって、漕《こ》ぐのだ。向こう岸にたどりつくまで何キロも押《お》し流されるだろうが、とにかく、なにかにつかまれ！

九十メートルくらい先に、木々《きぎ》が見える。川全体と下流を見わたした。クリームを入れたコーヒー色の波が重なりあって、ごうごうと勢いよく流れていく。

枝をもがれた電柱サイズの木が一本、渦《うず》に吸いこまれて水中に沈《しず》んだ。わずか数秒後、その先端《せんたん》が二十メートルほど下流でクジラのようにぬっとあらわれ、どんどん、どんどん、宙につきだして流れていく。が、ついに重さに耐《た》えかねて、しぶきをあげてまた倒《たお》れた。

こんな川を死なずに渡《わた》るなんて、無理に決まってる。両手両脚《りょうあし》が、また痙攣《けいれん》しはじめた。でも、ライザとフランシーが待っている。助けが来るのを待っている。

父さんの言葉が頭に響《ひび》く――ねばり強いのは、うちの血だ。おまえも、その血を引いてるんだぞ!

ちょうどそのとき、タイミングよく、白い冷蔵庫がひとつ、こっちに流されてきた。冷蔵庫が通りすぎる瞬間《しゅんかん》に飛びついて、つかむ場所をさぐりながらよじのぼった。反対側でドアがあいている。這《は》いあがり、庫内に指を引っかけ、冷蔵庫ごと向こう岸に渡《わた》ろうと、両脚《りょうあし》で水を蹴《け》った。だが激流に足をとられて、ぐるぐる回る。

だめだ。もう、抵抗《ていこう》する体力が残っていない――。

脚《あし》の力を抜《ぬ》いて、ドアの上に顔を乗せた。ざらついた冷たい水が口の中に入ってくる。

「ごめん……」

36

なににもわずらわされることなく、妙《みょう》に安らかな気分で、目をとじたまま流されていった。

雨風が顔を打ち、瓦礫《がれき》だらけの冷たい水が渦《うず》を巻き、力の抜《ぬ》けたぼくの体をもてあそぶ。

夢うつつの状態で、かろうじて冷蔵庫のドアに指をかけつつ、汚泥《おでい》の底に沈《しず》む寸前の、ささやかなひとときを味わっていた。

そのとき、冷蔵庫になにかが衝突《しょうとつ》し、あやうく指からドアをもぎとられそうになった。

「コート！」だれかの叫《さけ》び声もする。

きっと、夢の中の空耳だ――。

「おい、コート！」

目をあける。と、父さんが腕《うで》をのばして、冷蔵庫の縁《ふち》をつかんでいた。

「コート、ボートの船べりをつかめ！」

父さんはライザのお父さんの古いセンターコンソール艇《てい》のジョンボートから、こっちへ大きく身を乗りだした。ぼくが動かないと見ると、冷蔵庫を回転させて、また身を乗りだし、ぼくのパンツの後ろをつかんで、ジョンボートへと引っぱりあげる。

ぼくは巨大《きょだい》な魚のように、甲板《かんぱん》にドサリと落ちた。

父さんが、ぼくの目の前にかがみこんだ。「ふたりは？　どこだ？」

ん？　なんだ？　ぼくは状況《じょうきょう》がつかめないまま、咳《せ》きこんで、泣きだした。「……父さん」

父さんが、ぼくの肩《かた》をたたいた。「おい、コート！　ふたりはどこだ？」

ぼくは最後の力をふりしぼって父さんに飛びかかり、父さんの脚《あし》を殴《なぐ》って、足元にくずれ落ちた。「なんだよ！　ちくしょう、ふざけるな！」

「コート、助けに来たぞ」

「いなかったくせに！」咳《せ》きこんだ。「置き去りにして！」

父さんがぼくの腕《うで》をつかんで、引きあげようとする。「ほら、立つんだ」

ぼくは父さんの腕《うで》を乱暴にふりはらって、顔をぬぐった。「手遅《ておく》れだよ」

少しの間、沈黙《ちんもく》が流れた。

ボートが激流に回転し、吸いこまれ、あれよあれよという間に下流へ押《お》し流された。暴風が吹《ふ》きつけ、水しぶきが飛んでくる。

でもぼくは、なにも見えなかった。いっさい聞こえず、なにも感じない。かたい殻《から》の中で丸まっている気分だ。

「コート、悪かった。置き去りにしたのは、まちがいだった。おまえのいうとおりだ」

「そばにいてほしかった。いてくれるだけで良かったのに……。三人だけで……取り残されるなんて……」

父さんが、またぼくの肩《かた》にふれた。「ああ、そうだな」

しばらくすると、頭がだんだんはっきりしてきた。「土塁《どるい》……。ふたりは土塁《どるい》にいるよ」

父さんはぼくの肩《かた》から手を引っこめ、スロットルレバーを前に倒《たお》した。ボートが流れに逆らって動きだす。

「ボトル・クリーク遺跡《いせき》か？」

ぼくはまた顔をぬぐうと、コンソールをつかみ、体を引きずるようにして立ちあがろうとした。

「ふたりは、ボトル・クリーク遺跡《いせき》にいるんだな？」

「うん」

立ちあがって、コンソールにつかまった。父さんがかがんで、救命胴衣《どうい》をつかみ、ぼくに投げてよこす。

「ほら、着ろ」

コンソールに寄りかかって、救命胴衣《どうい》に腕《うで》を通した。その間にもボートは激流に揉《も》まれ、波を砕《くだ》きながら上流へ向かっていく。

「コート、なにがあったんだ？　手がかりをくれ」

父さんの問いには答えず、別のことをいった。「父さん、銃《じゅう》がいるよ」

「なんだと？」

「ふたりは、大きな土塁《どるい》の木にのぼってる。湿地《しっち》には凶暴《きょうぼう》なブタが一頭いるんだ。ほかにも、ワニやヘビやいろいろな動物が集まってる。しかもライザはヘビに嚙《か》まれてる。最後に見たとき、ふたりともぼろぼろだった」

父さんは事態を把握《はあく》しようと、下くちびるを嚙《か》んで考えている。

「父さん、あのブタは始末するしかない。あいつがいたら、とても通りぬけられないよ。ヘビに嚙《か》まれるかなにかして、狂《くる》ってるんだ」

父さんは、ゴクリとつばを飲みこんだ。「銃《じゅう》は、トラックの中に置いたままだ。トラックは、ストーバル家の裏の牧草地に止めてある」

「とってくる時間なんてないよ」

父さんは前方の川を見つめるだけで、答えない。

「父さん！」

ようやく、父さんがこっちを見た。

「父さん、あのブタのそばは通りぬけられないって！　殺されるよ！」

父さんはまた前を見つめ、毅然《きぜん》とした表情で歯を食いしばった。父さんの腹をくくった表情を見るのは、本当にひさしぶりだ。

「よし、やるべきことをやろう。しっかり、つかまってろ」

父さんはスロットルレバーに手のひらを押《お》しつけ、エンジン全開で加速した。ボートは勢いよく飛びだし、全力で激流に逆らってつき進んだ。

37

顔にかかる水をぬぐい、瓦礫《がれき》をよけ、白く泡立《あわだ》つ渦《うず》や流れに強引《ごういん》に逆らって、ジェサミン・バイユーの入り口へと川をさかのぼった。が、なかなかつかない。

「コート、ふたりのところまで、ぜったいに……なにがなんでも……行くぞ！」

父さんは、暴風に負けじと声を張りあげた。だが、自信に満ちた声ではない。おたがい励《はげ》ましあうための、かけ声だ。

武器はないかと、ボートの中に目を走らせた。あれこれ頭をめぐらせても、あの赤さびを払《はら》いのけるような武器は思いつかない。父さんは、狂《くる》ったブタのこわさをわかっていない。まだ、あの土塁《どるい》を見ていないのだ。

父さんが、西岸のほうを指さした。そこには、うちのハウスボートの残骸《ざんがい》があった。砕《くだ》けてねじれた屋根のわずかな破片《はへん》が、木立の中にはまっている。

目をそらして、父さんにいった。「ナマズは、残していくしかなかった……。たぶん、逃《に》げられなかったと思う」

これ以上、悪い知らせは聞きたくないとばかりに、父さんは首を横にふり、一分後、スロットルレバーに手をたたきつけた。

「クソッ！　もっとスピードを出せないのか！」

ようやくジェサミン・バイユーの入り口につっこんだ。激流から逃《のが》れ、木立にとりかこまれて、嵐《あらし》からは避難《ひなん》できたが、今度は減速せざるをえなかった。ジェサミン・バイユーはふだんは川幅《かわはば》が六メートルしかなく、カヌーより幅《はば》のある船はまともに通れない。

けれど今、最大の難関は川幅《かわはば》ではなく、行く手をふさぐ木の枝とクモの巣だった。ぼくと父さんはコンソールの下にしゃがんで、次から次へと船体に打ちつける枝をやりすごした。

「父さん、救急車を呼ばないと」

父さんは腕《うで》からクモを一匹《ぴき》はたき落とし、「ああ」と、上の空でぼそぼそと答えた。

「嵐《あらし》の間は助けられないって、保安官がいってたよ」

「ああ、だろうよ」

「係留所まで来られないって」

「おれは、たどりつけたぞ……よし、操縦をたのむ」

ぼくが操縦を代わり、その間に父さんがコンソールの下にもぐりこんで、携帯《けいたい》無線機をとりだした。

「もしもし、カーリー？」

応答はない。

「おーい、カーリー！」

「なんだ？」カーリーの声がした。「トムか？」

「ああ、おれだ。困ったことになった。川のどこに救急車を止められる？　ストーバルの姉妹《しまい》をたのみたいんだ」

「どうしたんだ？」

「ひとりはヘビに噛《か》まれて、もうひとりは……」

父さんがこっちを見たので、説明した。

「たぶん低体温症《ていたいおんしょう》。それと、アリにたくさん噛《か》まれてる」

「……低体温症《ていたいおんしょう》とアリに噛《か》まれてる」

「トム、おまえ、川にいるのか？」

「くわしく説明しているひまはないんだ。救急車をたのむ。できるだけ係留所の近くによこしてくれ」

「そういわれても――」

「ごちゃごちゃいうな！　なんとかしろ！　いざとなったら、おまえが運転してこい！」

一瞬《いっしゅん》、間があいた。

「わかった、トム。やってみる。待ってろ」

父さんは携帯《けいたい》無線機を元の場所につっこむと、ぼくと操縦を交替《こうたい》し、強引《ごういん》にスピードを上げ、枝をかきわけながらつき進んだ。途中《とちゅう》、ボートが急旋回《きゅうせんかい》して、ぼくは船べりに倒《たお》れこみ、太ももの傷をぶつけてうっとひるんだ。

「コート、甲板《かんぱん》にしゃがんでろ」

ぼくは立ちあがった。「だいじょうぶだよ」

「その脚《あし》、どうしたんだ？」

「あのブタに牙《きば》で刺《さ》された」

「その傷、なんとかしないとな」

ぼくはとくになにもいわず、立ったままバランスをとった。

「おい、コート、コンソールの下を見てみろ。タオルが二枚ある。その格好じゃ寒いだろう。タオルは濡《ぬ》れてるが、裸《はだか》よりはましだ」

「いいよ、あとで」

ボートがまた大量の枝に激突《げきとつ》し、枝をへし折りながら強引《ごういん》につき進む。

ぼくは顔に貼《は》りついたクモの巣をふりはらうと、ここがどこか、川から手がかりを得ようと、後ろをふりかえった。

なんとなく見当はついた。木立をかきわけてここを抜《ぬ》けるまで、たぶん、あと一キロ半――。

とつぜん、ボートが一本の倒木《とうぼく》にぶつかり、衝撃《しょうげき》でぼくも父さんもコンソールにたたきつけられた。

「クソッ、ちくしょう！」父さんが毒づく。

ぼくは船尾《せんび》に走った。父さんがボートを減速し、スクリューを電動で水中から引きあげる。その間にぼくはボートからおりて、水中の倒木《とうぼく》の上に立ち、ボートを押《お》しだした。ぼくがボートによじのぼると、父さんはすぐにスクリューをもどし、また前進した。

「ライザたちのところまで、とてもたどりつけないよ。あそこは、父さんの想像をはるかに超《こ》えてるんだ」

「うむ。洪水《こうずい》で動物たちが逃《に》げこむ場所など、考えたこともなかったな」

「まさにそこへ、向かってるんだよ」

「シカもいるのか？」

「うん。クマもいる。ぼくたちが避難《ひなん》した木のとなりの木にも、一頭が逃《に》げてのぼってた」

父さんが下くちびるを噛《か》んで、首を横にふる。ぼくは、さらにいった。

「あのクマ、まだいると思うよ。ヘビの毒で死んでいなければ。あいつも、たぶんヘビに噛《か》まれてる」

「くそっ、ヘビめ」

「土塁《どるい》には、ヘビがうじゃうじゃいる。あんな大量のヘビは、見たことがないよ」

父さんはまた歯を食いしばって、つぶやいた。

「まるで戦場に行くみたいだな」

「うん……銃《じゅう》はないけどね」

38

木立を抜《ぬ》けてボトル・クリークに出ると、また風と雨が顔に当たった。が、前ほど強くはない。空を見上げたら、灰色の雲は前より薄《うす》く、高くなっている。

視線をもどして、行く手に焦点《しょうてん》を合わせた。

「父さん……このボートで行けるかな？」

父さんは、スピードを上げて下流に向かった。「ああ、でないと困る」

ほどなく、土塁《どるい》への小道が始まるあたりに来た。おおいかぶさる枝葉が途切《とぎ》れる場所をさがして、木立に目をこらす。

「コート、どうだ？　見つかるか？」

水浸《みずびた》しでなかったら、土塁《どるい》につながる小道はどこだろうと、想像をめぐらしながら、あたりに目を走らせる。

ようやく、父さんがいつもガイドの目印にしている、一本の曲がりくねったイトスギを見つけた。

「あっ、あのイトスギ。ほら、あそこ！」

父さんも目をこらした。「うん……たしかに。あそこだな」

父さんはボートを方向転換《てんかん》して、密集した葉の中へつっこんだ。またしても樹葉にマントのように包まれて、風と雨がだんだんだん静まり、遠くなる。

耳を澄《す》ました。だんだん、あの悪夢に引きもどされていく――。

「上から声がするな」と、父さん。

梢《こずえ》は、リスと鳥の鳴き声に満ちていた。顔を上げると、頭上の枝葉は、もう風に大きく揺《ゆ》さぶられてはいなかった。地上では、小動物たちが姿をあらわしつつある。一頭のブタの鳴き声が、湿地《しっち》をつんざいた。赤さびではない。小がらなブタのどれかだ。まだ生きているらしい。

父さんは行く手をふさぐ大量のもつれた葉を見つめ、慎重《しんちょう》にかきわけて進みながら、なにか考えこんでいる。

「コート、船尾《せんび》から航海灯のアルミの棒を引き抜《ぬ》いてこい。先端《せんたん》についている電球をひきちぎるんだ。削《けず》って、武器にできるかもしれん」

そのとき、一匹《ぴき》のヌママムシが船首にドサッと落ちてきて、床《ゆか》をすばやくすべり、船べりから川へ飛びこんだ。

父さんは反射的によけて、「クソッ」と小声で毒づくと、あたりを見まわした。木立の中から、大量の小動物たちの目が見つめかえしてくる。ヘビもいる。

「コート、船尾《せんび》だ。ヘビに気をつけろよ」

船尾《せんび》に行って、航海灯の棒を強引《ごういん》に引きぬき、しげしげとながめた。こんなものが武器になるのかという気もするが、これしかないのだからしかたない。電球をもぎとると、太さはぼくの親指くらい、長さ一メートルほどのアルミニウムの棒が残った。

「これ、どうやってけずるの？」

「いいから、貸せ」

父さんに棒を渡《わた》して、船首にもどり、前方の木々《きぎ》に目をこらした。

「ライザ！」返事はないと思うけれど、さけんでみた。「父さんを連れてきた！　今、行くぞ！」

そのとき、四、五十メートルも離《はな》れていない先で、なにかが暴れる音と、かんだかい悲鳴と、うなり声が聞こえた。見ると、二頭のワニが音もなく静かに泳いでいく。ワニたちが作った同心円状の水の輪が、ボートにピチャピチャと当たった。

「水を見てみろ」

父さんにいわれて見たら、真っ赤に染まっていた。

「うん……前にも見たよ」

「おまえ、どうやってここから脱出《だっしゅつ》したんだ？」

ぼくは答えなかった。密に絡《から》みあったツタと枝の間から、ライザたちのいる土塁《どるい》のシルエットが見えた。

赤さびはどこだ？　あの凶暴《きょうぼう》なブタは、どこにいる？

39

「父さん、土塁《どるい》が見えたよ」

「ライザ！　フランシー！」父さんがさけんだ。

返事はない。

土塁《どるい》から、別の悲鳴があがった。朝、ここを離《はな》れたときよりも、さらに混乱して、ざわついているようだ。木々《きぎ》でリスが騒《さわ》ぎ、鳥が羽をばたつかせているせいか、よけいそう感じる。水浸《みずびた》しで大騒《おおさわ》ぎの動物園みたいだ。

「父さん、あのブタのそばを通りすぎるのは、ぜったい無理だ。あいつは、あの土塁《どるい》の上にいる……。まだボートを止めないで」

「なぜだ？」

「下がって！」

ボートが土塁《どるい》のふもとにつっこみかけた瞬間《しゅんかん》、父さんがギアをバックに入れる。

と同時に、赤さび色の毛が下草を踏《ふ》みつけながら、猛《もう》スピードで坂を下ってきた。その勢いのまま、赤さびは水中につっこんで、ボートに体当たりした。

ぼくは衝撃《しょうげき》で足をすべらせ、赤さびの背中の上を転がって、水中に落ちた。赤さびの白い腹と激しく動くひづめを頭上に見ながら、泥水《どろみず》の底をぐるぐる回る。

身をよじってボートの下にもぐり、泳いで反対側に出た。船べりをつかんだら、今回も父さんがぼくの腕《うで》をつかみ、引っぱりあげてくれた。

「おい、怪我《けが》はないか？」

ぼくは息をととのえながら、膝《ひざ》をついて首を横にふった。

「なんてこった！」と、父さん。

船首の先に、土塁《どるい》に引きあげる赤さびが見えた。赤さびが、どす黒い目でこっちを見た。狂《きょう》気《き》をはらんだ憎《にく》しみと怒《いか》りで、筋肉を痙攣《けいれん》させている。顔と牙《きば》は、血で真っ赤だ。

「まさか、ヘビに嚙《か》まれて、あんなふうになるなんて……」父さんがまたいう。

ぼくは立ちあがった。「ライザたちのところに、行かないと」

父さんは、アルミの棒を床《ゆか》に落とした。「こんなものは、役に立たん」

「ライザ！」ぼくは声を張りあげた。

返事はない。

父さんが船首に移動して、赤さびをにらみ返した。赤さびはしきりに息を吐《は》き、うなり声をあげながら、ぬかるみを前脚《まえあし》でかいている。

「そうだ！」父さんはそういうと、係留用ロープをつかんで、先端《せんたん》に輪を作りはじめた。

「コート、ボートをやつに近づけてくれ」

「なにする気？」

「投げ縄《なわ》で、やつの頭をとらえる」

「えっ、つかまえておける？」

「ほかに案があるか？」

ぼくは首を横にふった。案などない。やれることがあるなら、なんでもいい。

「いいか、やつをボートまで引きずって、ロープを船首の索留《さくど》めに巻きつけるぞ」

索留《さくど》めというのは、ロープを8の字に巻きつけて留める器具だ。

ぼくは、また赤さびを見た。やれるもんならやってみろ、といわんばかりに、こっちをにらみつけている。

父さんは投げ縄《なわ》を両手でつかんで、背筋をのばした。

「よし。近づけてくれ」

「あいつ、ボートに乗りこんでくるかも」

「そこまでは近づけるな」

ボートで、土塁《どるい》すれすれまで接近した。いつでも下がれるように、スロットルレバーに手をかけておく。

赤さびが勢いよく息を吐《は》き、挑《いど》むように一歩前に出た。

「この野郎《やろう》、そこから動くなよ」父さんがつぶやく。

ボートをそうっと近づけた。赤さびとの距離《きょり》は、もう五メートルもない。

「コート、もうひと息だ」父さんが静かにいう。

もう一回、エンジンをふかした。胸の中で、心臓がドクンドクンと脈打っている。

「下がる準備をしておけ」と、父さん。

赤さびとの距離《きょり》が三メートルまでちぢまると、父さんは投げ縄《なわ》を投げた。縄《なわ》は赤さびの顔に当たった。赤さびが鼻を鳴らして、ぷいっと右を向く。縄《なわ》は地面に落ちて、ほどけてたるんだ。

「下がれ！」父さんがさけぶ。

いわれる前に、ぼくはすでにボートを下げていた。

「父さん、さすがに無理だよ！」見ていて、いらいらする。

父さんはロープを引きよせ、輪を作りなおしながら、赤さびをじっと見た。

「もう一度、行くぞ。今度は、もっと近づくんだ」

絶望のあまり、ため息がもれる。それでも、もう一度、ボートを近づけた。

「よーし、この野郎《やろう》、じっとしてろよ」父さんが、またつぶやく。

今度はすぐに縄《なわ》を投げずに、二メートル弱まで近づいた。赤さびの筋肉が緊張《きんちょう》しているのが見える。ボートに飛びこんで、ぼくらをずたずたに引き裂《さ》きたくて、たまらないのだ。

「……父さん！」

父さんが縄《なわ》を投げると同時に、赤さびがつっこんできた。ボートに体当たりしたが、足をすべらせ、転倒《てんとう》する。

投げ縄《なわ》は、赤さびの頭と片方の前脚《まえあし》をうまくとらえていた。父さんが後ろに体重をかけて、全力でロープを引っ張る。

「コート、下がれ！」

急いでボートをバックさせた。赤さびが悲鳴をあげて、頭をふりまわし、ボートの脇《わき》を何度も殴打《おうだ》する。ドラム缶《かん》に肉切り包丁をたたきつけるような音がした。ぬかるみで脚《あし》を踏《ふ》んばって、引き寄せられるものかと抵抗《ていこう》している。

赤さびの抵抗《ていこう》にボートは大きくふられ、スクリューが大きな枝にはさまり、エンジンが止まった。

「コート……ボートを……出せ！」父さんがどなる。

あわててキーを回し、エンジンをかけた。が、ギアを入れたとたん、止まった。

「だめだ、父さん、エンスト！」

赤さびとの壮絶《そうぜつ》な綱引《つなひ》きで、父さんの両腕《りょううで》は大きく揺《ゆ》れて、あちこちにぶつかっていた。上腕二頭筋《じょうわんにとうきん》がふくれあがっている。

「ク……クソッ！」

「父さん、ロープ！　巻いて！」

父さんはなんとか床《ゆか》に腰《こし》をつけると、ロープを船首の索留《さくど》めに引っかけて、巻きはじめた。

「コート、行け！　あの子たちを助けろ！」

40

ボートに怒《いか》りをぶつける赤さびを残して、ぼくはボートを飛びおり、土塁《どるい》を必死にのぼっていった。

「早く！」父さんがどなる。「あと、どのくらい……ねばれるか……わからん！」

パルメットの根元に倒《たお》れている小ブタのそばを通りぬけた。そのブタは腹をえぐられ、虫の息だった。

「ライザ！」また、大声で呼んでみる。

どんな光景が待ちうけているのだろう？　もはやヘビなど気にならない。すべる坂を懸命《けんめい》にのぼりながら、むごたらしい想像を頭の中からしめだそうとした。

あのビャクシンまでたどりつくと、木立の中に目を走らせた。あっ、いた！　ストラップに支えられてぐったりしているライザとフランシーがいる！

「ライザ！」

ふたりとも、ぴくりともしない。そのとき、ライザが目をあけた。

心の底からほっとして、心臓が胸の中でへこみそうになった。大声で泣きたい気分だが、咳《せき》ばらいをして、こらえた。

「待ってろ。待ってろよ！」

父さんはまだ坂の下で赤さびと格闘《かくとう》中だが、峠《とうげ》を越《こ》した気がしていた。もう、おかしなことにはならない。ビャクシンによじのぼり、人生最悪の夜を過ごした、あの即席《そくせき》ベンチに足を乗せた。

「よし、待ってろよ」

ふたりの前でバランスをとると、フランシーのストラップのバックルに手をかけた。震《ふる》える指で早く外そうとしていたら、フランシーがしくしくと泣きはじめた。

「よしよし、いっしょに逃《に》げような、フランシー」

ストラップを外して、フランシーを脇《わき》に抱《かか》えて地面におりると、ビャクシンの根元に寄りかからせた。

「すぐにもどるからな」

フランシーは倒《たお》れこみ、葉にうもれるようにして膝《ひざ》を抱《かか》え、丸くなった。

「コート、急げ！」坂の下から父さんがどなる。

立ちあがって、父さんのほうを見た。

「ふたりともいたよ！　無事だ！」

「早く！」

またビャクシンにのぼって、ライザのストラップを外した。ライザは、うっすらとほほえみかけてくれた。

「あなたなら……きっと……できると思った」

「いいよ、しゃべらなくて」

ストラップがほどけると、ライザがもたれかかってきた。不安定な即席《そくせき》ベンチの上なので、支えきれない。

片腕《かたうで》でライザを受けとめ、あいた手で、ありったけの力をふりしぼって、頭上の枝をつかんだ。が、ライザの体重に押《お》されて、少しずつ手がすべっていき、とうとう後ろ向きに引っくりかえり、枝に次々《つぎつぎ》とぶつかりながら、三メートル下の地面まで落っこちた。

先にぼくが背中から着地した。ライザが折りかさなってドスンと落ちてくる。

息がつまり、めまいを起こしつつ、梢《こずえ》を見上げて横たわっていた。

たいしたことはない。今までさんざんな目にあってきたので、なんともない。どうしようもなく息苦しかったが、ひとりでに口元がゆるんだ。

そのとき、坂の下で金属の折れる音と、ボートが殴《なぐ》られるうつろな音が響《ひび》いた。

赤さびが、ぞっとするようなかんだかい声で鳴く。

ライザの下から転がり出て、ぼうっとした頭をふりながら、腹這《はらば》いになった。

「コート！　木の上に逃《に》げろ！」父さんがわめく。

その緊張《きんちょう》した声から、赤さびが逃《に》げたとわかった。

と同時に、低木をなぎたおして一気にかけあがってくる、赤さびの足音が聞こえた。

上半身を起こして、ライザとフランシーを抱《だ》きかかえ、ビャクシンの幹へと押《お》しやったそのとき、フランシーが絶叫《ぜっきょう》した。

背筋を恐怖《きょうふ》がかけあがる。赤さびに、今にも牙《きば》で背中を刺《さ》される――。

すばやくふりかえると、赤さびの傷と血にまみれた顔が、すぐ目の前にせまっていた！

41

乾《かわ》いた血と、川の汚泥《おでい》と、毒におかされた赤さびの悪臭《あくしゅう》を、まともにかいだ。

ぼくらの命をうばう前に最後の怒《いか》りを見せつけようとしてか、赤さびは鼻を葉の中につっこんで、しきりに牙《きば》で泥《どろ》を掘《ほ》りかえしている。

ライザとフランシーを背にかばい、木の幹へと押《お》しつけた。遠くで、懸命《けんめい》に坂をのぼる父さんの足音が聞こえたような——。

もう、どうしたらいいか、わからなかった。恐怖《きょうふ》でなにも考えられない。赤さびの顔しか、目に入らない。

「コート！」坂の下から、父さんがさけぶ。

背後で、フランシーがすすり泣く。

赤さびはあいかわらず悲鳴に近い鳴き声をあげ、うめきながら、黄色い牙《きば》で泥《どろ》を掘《ほ》りかえしている。

前の晩の出来事が、映画のスチール写真のように、頭の中に次々《つぎつぎ》と浮《う》かんできた。最後にもう一度、おさらいでもするように――。

嵐《あらし》で大荒《おおあ》れの川に揺《ゆ》れるハウスボート。そのボートが沈没《ちんぼつ》し、広大な湿地《しっち》をとぼとぼと歩いたこと。ようやくたどりついた土塁《どるい》で、おぞましい音と光景が待っていたこと。かかとからヌママムシをはたき落としたあとの、ライザの顔。つねにまとわりつき、追いかけてくる死――。

思いかえしても、むだだ。

ふいに、どこからともなく黒い影《かげ》があらわれて、赤さびに体当たりした。最初は、わけがわからなかった。なにが起きているかわかったあとも、目の前の光景が信じられなかった。

「エルモだ……」フランシーがつぶやく。

クマのエルモと、野生化したブタの赤さびが、歯をむきだし、絶叫《ぜっきょう》しながらもつれあい、半《はん》狂乱《きょうらん》で戦っていた。歯、爪《つめ》、牙《きば》とひづめがぎらりと光り、宙を飛びかうナイフのように、激しく切りあっている。猛《もう》スピードの戦いで、あまりにも凶暴《きょうぼう》なうえ、思いもよらないなりゆきに、ぼくはショックで動けなかった。

「コート！」父さんがまたさけぶ。

坂の下をのぞいたが、父さんの姿はまだ見えない。

と、エルモが目の前に転がってきた。即座《そくざ》に赤さびがエルモにのしかかり、その胸にがぶりと噛《か》みつき、鋭《するど》い歯で切りつける。

ライザとフランシーのほうをふりかえった。ぼくひとりでは、とてもふたりをビャクシンの上にもどせない。そこで、幹の向こう側へ押《お》しやった。

「向こうに回れ！」

フランシーは這《は》って動きだしたが、ライザは放心状態で、ぼうっとこっちを見つめている。

ぼくは立ちあがって、ライザをつかみ、フランシーのあとから引きずっていった。

だがまだあまり動かないうちに、エルモが早くも立ちあがり、赤さびにまた体当たりした。

今度は、二頭ともすぐそばにせまってくる。

まずい、脚《あし》を蹴《け》られる！　痛いぞ！　でも勇気を出してすねを見たら、無傷だった。

「じっとしてろ！」父さんが、またさけぶ。

父さんは役立たずの棒を持ったまま、九メートルも離《はな》れていない左側に立っていた。その顔は、恐怖《きょうふ》に打ちのめされている。

ぼくはライザとフランシーに寄りかかるようにして座《すわ》り、野獣《やじゅう》の戦いに視線をもどした。

今はエルモが赤さびの上にのしかかり、首を噛《か》んでしめつけ、かぎ爪《づめ》で強打していた。赤さびはあらがってもがき、悲鳴をあげ、泥《どろ》まみれの葉を蹴《け》ちらしている。その葉が次々《つぎつぎ》と、ぼくらの膝《ひざ》に降りかかった。

「コート！」

また父さんのほうをちらっと見た。父さんにできることは、なにもない。死闘《しとう》をくりひろげる二頭の野獣《やじゅう》と木々《きぎ》にへだてられて、動けないのだ。

赤さびが、またエルモにのしかかった。エルモは、次第《しだい》に弱ってきているようだ。胸の傷はどれも深く、血で濡《ぬ》れた毛は体に貼《は》りつき、赤紫色《あかむらさきいろ》に光っている。かたや赤さびは、全身に深傷《ふかで》を負っているのに、動きが鈍《にぶ》らない。このままだと、赤さびが勝つだろう。

そのとき、エルモが赤さびの首に嚙《か》みついた。赤さびが、これまでとはちがう反応を見せる。電気ショックでも受けたように全身を硬直《こうちょく》させ、脚《あし》をつっぱって痙攣《けいれん》したのだ。

赤さびの悲鳴がやんだ。エルモが歯のすきまから漏《も》らすうなり声と、赤さびの苦しげなゴボゴボという音しかしない。

エルモは敵の急所を押《お》さえたと気づき、転がって赤さびにのしかかると、赤さびをくわえたまま頭をふり、あごに力をこめ、獰猛《どうもう》な声でうなった。

赤さびの狂気《きょうき》をはらんだ目が大きく見ひらかれ、ウズラの卵のように白くなった。息ができない焦《あせ》りが、ありありと浮《う》かんでいる。

希望が一気にわいてきた。「たのむ、がんばってくれ……エルモ」

次の瞬間《しゅんかん》、現実に引きもどされた。クマを応援《おうえん》してもしかたない。エルモは、赤さびと同じくらい、ヘビの毒で狂《くる》っている。クマのエルモを戦友のように思っていたが、それはただの妄想《もうそう》だ。エルモとは、一メートルも離《はな》れていない。こっちを向いて、嚙《か》みついてきてもおかしくない。

父さんが野獣《やじゅう》の死闘《しとう》をよけて、慎重《しんちょう》にこっちへ移動するのが見えた。ぼくひとりで、父さんの助けなしに、ライザとフランシーを坂の下へ連れだすのは無理だ。

「コート、今、行くからな」

エルモは、なおも赤さびをくわえていた。エルモのうなり声は、今はため息のように聞こえる。赤さびはゴボゴボと音をたてながら、ときどき脚《あし》を宙に蹴《け》りつけている。もう、虫の息だ。

「フランシー、こっちに来られるかい?」フランシーに小声で呼びかけた。返事がないので、のぞきこんで様子を見た。

「エルモが……助けてくれた」

「うん、そうだね。さあ、おうちに帰ろう」

フランシーを膝《ひざ》の上に乗せた。と同時に、父さんがビャクシンをぐるっと回りこんで、ライザを引きよせた。

「コート、立つんだ。行くぞ」

もう一度、エルモを見つめた。エルモも、見つめかえしてくる。まるで、なにをぐずぐずしてるんだ、といわんばかりに――。

「父さん、フランシーはぼくが連れていく」

父さんはライザを背負い、すばやく下草の中に入った。ぼくはフランシーを抱《だ》いてゆっくりと立ちあがり、エルモとビャクシンの間から横に出た。

赤さびはすでに死んでいるのに、エルモはまだ首をくわえていた。

「エルモは……死んじゃうの？」と、フランシー。

「しーっ」

エルモをながめながら、ぐちゃぐちゃになった泥《どろ》と血まみれの葉の上をつっきった。

ぼくが無事に逃《に》げたのがわかったのか、エルモはようやく口を放し、赤さびの亡骸《なきがら》の上にあごを乗せて寝《ね》そべった。大きな胸を波打たせ、気《き》泡音《ほうおん》のまじった荒《あら》い息をしている。いったん目をとじたが、またあけて、こっちを見た。

「コート、助けてあげなくちゃ」と、フランシー。

ぼくも、ちらっとそう思った。助からないとわかっていても、助けるべきじゃないのか？

いや、それはちがう。湿地《しっち》という大自然の中の生と死の営みを、人間がコントロールできるはずがない。父さんのいうとおり、湿地《しっち》は、ひと皮めくれば地獄《じごく》が待っている。そのことを、今回、身をもって知った。そろそろ大自然に皮をかぶせて、そのままにしておきたい。ふだんのおとなしい自然を、あたりまえとは二度と思わない。

エルモから目をそらし、フランシーを抱《だ》きなおした。

「エルモはきっとだいじょうぶだよ、フランシー」

フランシーがぼくの肩《かた》にあごを乗せる。

ぼくは、パルメットの生いしげる坂の下へおりていった。

42

カーリー保安官が無線で、ボート係留場から五キロほど南の橋の上に救急車を二台手配した、と連絡《れんらく》してきた。ちょうどハイウェイが川をつっきっている地点だ。そこは川の流域がかなり広いので、テンソー川が荒《あ》れているときは通らないようにしている。

ライザとフランシーをジョンボートの床《ゆか》に座《すわ》らせ、一枚のタオルでくるんだ。ライザは足が無惨《むざん》に腫《は》れあがり、意識が途切《とぎ》れがちになっている。

橋に到着《とうちゃく》してみると、ハイウェイは今にも洪水《こうずい》にのまれそうになっていた。霧雨《きりさめ》の中、赤と白の閃光《せんこう》を放つ救急車は、雨の中に浮《う》いているように見える。

川はハイウェイぎりぎりの高さまで増水していて、ボートで乗りつけると、救急隊員たちがガードレールをまたいで、ライザとフランシーを担架《たんか》に乗せた。ライザを噛《か》んだヘビの種類をきかれたので、ヌママムシだと答えると、救急隊はライザに血清を注射した。

「おまえも救急車に乗れ」と、父さんがいった。「脚《あし》の手当てをしてもらえ」

ぼくは反応しなかった。急に、なにがなんだか、わからなくなったのだ。ぼくにできることはなにもないなんて、信じられない。

でも、頭はちゃんとわかっていたらしい。

目の前がすっと暗くなって、ぼくはボートの中に倒《たお》れこんだ。


数時間にも思えるほど長い間、病院の機器のピーピーという安定した音を聞きながら、目をつぶっていた。

ようやく目をあけると、カーテンで仕切られた区画に、ひとりきりで寝《ね》かされていた。周囲でひそひそとしゃべる声がし、カーテンと床《ゆか》のすきまから、通りすぎる人の足が見える——。

また、目をとじた。

しばらくすると、肩《かた》にだれかが手を置いた。目をあけると、父さんがのぞきこんできた。

「よう」

「父さん」

「具合はどうだ？」

ぼくは部屋《へや》をぐるっと見まわしただけで、答えなかった。

「二十四時間近く、ずっと眠《ねむ》ってたんだ。水曜日の午前だぞ」

頭がぼうっとしている。ここがどこで、なぜここに来たのか、思いだすのに少しかかった。が、いったん思いだすと、記憶《きおく》がいっぺんによみがえってくる――。父さんを見た。

「ふたりは？　無事？」

「ああ、無事だ」

「ライザの脚《あし》は？」

「いずれ治る」

「切断するの？」

「いや、しなくてすみそうだ」

ほかに心配なことは？　必死に思いだそうとした。

ライザとフランシーは無事。父さんは、すぐそばに立っている――。

少しずつ、実感がわいてきた。ようやく、すべて終わった。この一週間で初めて、重圧から解放された気がした。

「まだ、おまえの体をあたためなければならないそうだ」と、父さんがいった。「三人とも低《てい》体温症《たいおんしょう》で死ななかったのは運が良かったって、医者がいってたぞ」

低体温症《ていたいおんしょう》？　それどころじゃなかったのに――。ぼくはあきれて苦笑した。父さんには、ぼくの思いが通じているようだ。

「とにかくだ、コート、脚《あし》と手の傷は縫《ぬ》ってある。すぐに、元通りになるからな」

カーテンがあいて、ライザのお母さんが入ってきた。ベッドをはさんで父さんの反対側に回り、ぼくのほおに手を当てる。

「コート、ありがとう」

父さんとライザのお母さんが来てくれたのはうれしいけれど、今はだれともしゃべりたくない。なにも考えずに、ただ横になっていたい。また眠《ねむ》りたい。

43

水曜日の昼すぎに父さんが着がえを持ってきて、ベッド脇《わき》に置いた。

「そろそろ、出られるか？　医者が、退院していいっていってるんだが」

「うん、わかった。いいよ」

直後に看護師がひとり入ってきて、ぼくの腕《うで》から点滴《てんてき》を抜《ぬ》き、カルテになにか書きこんだ。看護師がいなくなると、父さんの手を借りて起きあがって、着がえた。

「ライザに会わせてもらえるかな？」

「今は、よしておいたほうがいい。治療《ちりょう》の邪魔《じゃま》はしないでおこう」


ハリケーンが通過したあとは、いつもふしぎな気分になる。空は深い青、空気は乾《かわ》いて、すがすがしい。まるで嵐《あらし》がすべてを吸いとっていき、自分の破壊《はかい》ぶりを見せつけるために、輝《かがや》く太陽だけを残したみたいだ。

帰り道は父さんの運転で、小型トラックを先に通らせるために止まったり、溝《みぞ》に積みあげられた瓦礫《がれき》の山をよけたりしながら、ハイウェイをゆっくりと走った。結局、裏道でやむなく迂《う》回《かい》して、郡の北端《ほくたん》をぐるっと回ってから、南下した。

「あのさ、ずっと気になってたんだけど、どうしてぼくらが大変なことになったってわかったの？」

「ピンと来たんだ。まあ、直感だな。トラックをおりてもどったら、ガレージのドアがあいていて、発電機の燃料が切れていた。しかも、家の中にだれもいない。そのあと、ボートトレーラーがスロープの下で壊《こわ》れていて、うちのハウスボートがないことに気づいたんだ」

「ナマズのロープがフランシーの手首に巻きついたんだ。フランシーが外に引きずられて、ハウスボートに乗ったあとで、ボートが流されて……それが、すべての始まりだね。ライザとジョンボートに乗りこんで、ハウスボートに追いついたんだけど……そのあとも、どんどん、どんどん、悪いほうに転がっていったんだ」

「ハウスボートからおりられて、本当に良かった」

ぼくは、父さんを見た。

「最低だよ、父さんは。ハリケーンが来てるのに、ぼくを置き去りにして」

父さんが、ぼくの肩《かた》に手を置く。つらい記憶《きおく》が次々《つぎつぎ》とよみがえり、ぼくは心が張りさけそうになった。

「コート、もう二度とあんなまねはしない。この世でいちばん大切なのは、おまえだ」

ぼくは鼻をすすり、手の甲《こう》で鼻をぬぐった。

「いくらでも怒《おこ》っていいぞ、コート」

ぼくは、うなずいた。「いいよ、もう。この話はよそう」

父さんはぼくの肩《かた》から手を引っこめ、思いやりをこめてうなずいた。


一時間ほどして、近所のネルソン・モートンさんの牧草地まで来ると、父さんは牧草地の柵《さく》のそばにトラックを止めた。

「縫《ぬ》ったばかりの脚《あし》で、歩けるか？」

「うん、なんとか」

トラックをおりて、牧草地をつっきり、木材を切り出すための道を通って、ストーバル家の敷地《しきち》の裏手に出た。

ボート係留所まで進むと、川はいくらか水が引いていた。餌《えさ》小屋と二列の桟橋《さんばし》は押《お》し流され、木々《きぎ》も地面も破片《はへん》とがらくたがからまり、散らばっていた。ボート用のスロープは泥《どろ》とゴミにまみれている。あまりの惨状《さんじょう》に愕然《がくぜん》とした。

「……ひどいね、父さん」

「まあ、しばらく、仕事には困らないだろうな」

「ひと休みしようよ」

「ああ、そうだな。急ぐこともない」

父さんといっしょに、坂の上で腰《こし》をおろした。

「いったん落ちつくまでは、リンダが家を使ってもいいといってくれている」

「ハウスボートに、保険とかかけてないの？」

「そういうものは、とくには」

「父さん、これからどうするの？」

「じつはポール・デイビスが、しばらくキャンピングカーを貸してやるといってくれてな。道路の瓦礫《がれき》をどけて、通れるようになったら、明日、借りてこようと思ってる」

「わかった。で、そのあとは？」

「家を建てるというのは、どうだ？」

「えっ、家？　どこに？」

「このあたりに。リンダが、二千平方メートルくらい土地を売ってもいいといってくれている」

「どうやって土地代を払《はら》うの？」

「いっぺんに払《はら》わなくてもいい」

「じゃあ、家を建てる資金は？」

「この先数カ月は、ハリケーンの後始末で仕事はいくらでもある。電動鋸《のこぎり》さえあれば、後片づけでかなり稼《かせ》げるぞ。頭金くらい、なんとかなるだろう」

ぼくは、濁《にご》った川を見つめた。

「父さん、まさか……母さんのために家を建てるんじゃないよね？」

父さんは枝を一本拾って、ポキンと折ると、折れた枝を脚《あし》の間に落とした。

「うむ……とうの昔に建てていればよかったのかもしれんな」

「建てたって、どうにもならなかったと思うけど」

父さんはにやりとした。「だろうな」

考えれば考えるほど、家を建てるという父さんの考えが、とっぴとは思わなくなった。父さんとは前にログハウスを建てたことがあるので、土台作りや配線、配管工事のやり方はわかっている。

「父さん、ふたりでやればできるよ」

父さんは、ぼくの肩《かた》に腕《うで》を回した。

「じつはな、コート、二日前の夜、母さんの家にいたとき、外の嵐《あらし》をながめながら、おまえたちのことばかり心配していたんだ。あの家は空っぽだったよ。母さんはいたし、リンダもいたんだが、まちがいなく空っぽだった……」

ぼくは膝《ひざ》を立てて、靴《くつ》の先を見つめた。

「コート、昔は母さんといっしょにいて、幸せだったんだ。信じられないかもしれないが、そうだったんだ。だが、もう二度と昔のようにはなれない。ようやく、それがわかった。いくら望んでも、かなわない夢もあるってことだな」

「うん」

「片手片脚《かたあし》しか使えなくて、働けるか？」

「だいじょうぶだよ、父さん。後片づけにとりかかろう」

44

父さんはライザのお父さんの古い電動鋸《のこぎり》を修理して、午後遅《おそ》くまで係留所につながる道路の後片づけをした。

ぼくは牙《きば》でつかれた太ももが痛くて、少し脚《あし》を引きずっていたけれど、縫《ぬ》ったほうの手に手袋《ぶくろ》をはめれば、それほど重くないゴミをどけるくらいはできた。

道路が無事に開通して、うちのトラックをここまで持ってこられるようになるまでは、ライザの家のトラックを使わせてもらった。うちのトラックを持ってきてからは、両方のトラックで瓦礫《がれき》を運び、川のそばで燃やすために積みあげた。おおかたの材木は使えそうだったので、あとで釘《くぎ》を抜《ぬ》いて再利用するために、よりわけて積んでおいた。餌《えさ》小屋と桟橋《さんばし》を建てなおす材料にすればいい。

電気が復旧するには、数日かかりそうだ。暗くなる直前、父さんが発電機をライザの家の配《はい》電盤《でんばん》に直接つないでいる間に、ぼくは発電機に燃料を補給した。父さんの作業が終わるのを待って発電機を動かすと、家全体に電気が通った。

ひとまず片づけを終えて落ちつくと、父さんはライザとフランシーの具合を確かめるために病院に電話した。ライザのお母さんは、明日の午前中、フランシーを連れて帰るといったらしい。ライザはあと数日、入院するそうだ。

父さんは電話を切ると、ソファにどっかりと座《すわ》りこんだ。

「ふう……もう、へとへとだ」

「朝になったら、窓のベニヤ板を剥《は》がそうよ。今夜、父さんはどこで寝《ね》る？」

「このソファで寝《ね》る」

「じゃあ、ぼくは床《ゆか》で寝《ね》るよ。お腹《なか》、空いた？」

「まあな」

「ハウスボートから持ってきたスープ缶《かん》があるよ。ガレージからとってくる」

食料庫を通りぬけて、ガレージのドアをあけたら、なんと、ナマズがいた！　ほんの数分、姿を消していただけかと錯覚《さっかく》するくらい、リノリウムの床《ゆか》に爪《つめ》を鳴らしながら、平然と脇《わき》を通りぬけていく。

ナマズはびしょ濡《ぬ》れで、泥《どろ》だらけで、イバラが毛にもつれて、あちこちに貼《は》りついていた。

「ナマズ！」

ナマズが足を止めて、こっちをふりむく。ぼくはひざまずいて、寄ってきたナマズを胸に抱《だ》きしめた。近づいてくる父さんの足が見えた。

「なんてこった！」父さんがいった。

首をさすってやると、ナマズは急に地獄《じごく》のような記憶《きおく》がよみがえったのか、哀《あわ》れっぽい声で鳴き、ぼくの腕《うで》の中でちぢこまった。

「だいぶ疲《つか》れているようだな」と、父さん。

「ナマズ、おいで。体を洗って、餌《えさ》をやるよ」

ガレージの外でナマズの体をごしごしと洗うついでに、怪我《けが》をしていないか、手探《てさぐ》りで確かめた。数カ所のみみず腫《ば》れと、顔の引っかき傷をのぞけば、だいじょうぶそうだ。

「今夜はいっしょに寝《ね》ような、ナマズ」餌《えさ》を用意してやりながら、声をかけた。

ナマズが興奮して、ぶるっと体を震《ふる》わせる。

「もう、だれも離《はな》ればなれにはならないよ、ナマズ」

翌朝、父さんは早起きをして、キャンピングカーをとりに行った。

ライザの家の窓からベニヤ板を剥《は》がしていると、ライザのお母さんの車が止まり、フランシーが人形のエルモを抱《かか》えておりてきた。顔と両腕《りょううで》にいくつか小さな絆創膏《ばんそうこう》が貼《は》ってあるが、それをのぞけばなんともなさそうだ。

作業の手を止めて、迎《むか》えに行った。

「フランシー、具合はどうだい？」

フランシーは、あたりを見まわしていった。

「ここ、ずいぶんひどいわね。片づけてちょうだい」すっかり命令口調だ。

ぼくもライザのお母さんも、声をあげて笑った。

「こんなに早く帰ってくるとは思わなくて。これでも、きれいにしておこうとしてたんだよ」

「ナマズは、どこ？」フランシーが、当然のごとく、たずねる。

ぼくは、ライザのお母さんを見た。「話したんですか？」

お母さんは肩《かた》をすくめ、わたしは話してないわよ、といわんばかりに目をむいた。

「どこか、そこらへんにいるんじゃないかな。ずっとフランシーをさがしてるよ」

「やっぱりね」フランシーは、きっぱりといった。

ライザのお母さんが近づいてきて、あきれ顔でいった。

「この子、具合はいいのよ。病院でさんざんちやほやされて、ちょっと図に乗ってるの」

「ほっとしました。ライザは？」

「よくなってるわ。今晩はつきそおうと思ってるの。病院側は、土曜日には退院できるんじゃないかって」

「それまでには、たぶん電気が復旧してると思います。発電機を動かすときは、いってください。父さんはキャンピングカーをとりに行ってて、すぐにもどります」

「そう。必要なときは、いつでも家を使ってちょうだいね」

「あの……母さんの家に立ちよりました？」

「いいえ。わたしがお母さんの家を出たときは、お元気だったわよ」

「母さんがもうもどってこないって、父さんはわかったみたいです」

ライザのお母さんは、うなずいた。

「母さんは、きっと今のほうが幸せなんです。あさってにでも、様子を見に行ってきます。なにか困ってないかどうか」

「そうね、それがいいわ」

ぼくは足元に視線を落として、いった。

「母さんは……いずれ、どこかに引っ越《こ》すと思います？」

「さあ、どうかしら。でもね、人は少し距離《きょり》を置いたほうが、かえってうまくいくこともあるのよ」

「うちの両親の場合は、どうですかね」

「まあ、だれにでも合う暮らしじゃないのは、たしかね」

「ですよね。父さんは、うちの血だっていってますけど」

「あなたのお父さんは、少し極端《きょくたん》なところがあるから」

「ですよねえ、本当に」

45

電気は週末に復旧し、ボート係留所の瓦礫《がれき》は日曜までに父さんとふたりでほぼ片づけた。キャンピングカーは、餌《えさ》小屋があった場所の近くに止めてある。

川はようやくふだんの水位にもどったが、いまだにどろっと濁《にご》ったミルクチョコレート色で、泡立《あわだ》っている。秋のすがすがしい空気に響《ひび》く電動鋸《のこぎり》と小型トラックのピーピーという音は、冬を通りこして春までつづくにちがいない。

日曜の午後、ライザがもどってきた。左脚《ひだりあし》全体が固定され、包帯にくるまれている。腫《は》れを引かせるために、病院で脚《あし》を縦に切りひらかれ、そのまま固定されてから、縫合《ほうごう》されたそうだ。脚《あし》を失わずにすんだけれど、太ももから足にかけての傷は一生消えないだろう。

ライザのお母さんが松葉杖《まつばづえ》を持ち、父さんが家の玄関《げんかん》をあけに行き、ぼくは後部座席からライザがおりるのを手伝った。フランシーは背後でながめている。

「コート」ライザが声をかけてくれた。

ライザと顔を合わせるのは、なんとなく気まずい。いいたいことは数えきれないくらいあるのに、どう切りだしたらいいか、わからない。

「やあ。気分はどう？」

ライザは弱々《よわよわ》しくほほえんだ。

「まあまあよ」

「ナマズが帰ってきたの」フランシーが口をはさむ。

ライザに肩《かた》を貸して、立つのを手伝った。ライザがうっと息をのんで、ひるむのがわかる。

「だいじょうぶ？」

「……うん」ライザは、一瞬《いっしゅん》間をおいて答えた。「だいじょうぶ」

「ねえねえ、コートがね、ナマズは水曜日まで帰ってこなかったっていうの」また、フランシーが口をはさむ。

「フランシー、おうちに入ってなさい」ライザのお母さんが注意した。「ライザのベッドから枕《まくら》をとってきて、ソファに置いてちょうだい」

お母さんがライザに松葉杖《まつばづえ》を渡《わた》し、ライザがバランスをとるのを待って、全員でライザが家に入るのを手伝った。

ライザがリビングのソファに落ちつくと、あとはライザのお母さんにまかせて、父さんといっしょにライザの家を出た。おたがい無言で川岸まで坂をおりていくと、父さんのあとについて、釘抜《くぎぬ》きをしている材木へと向かった。

ライザの脚《あし》のぞっとするような手術のイメージが、頭から離《はな》れない。父さんも同じことを考えているのが伝わってくる。父さんは金槌《かなづち》をつかむと、首を横にふった。

「切断することにならなくて、本当に良かった」

その晩の夕食は、ぼくがキャンピングカーでハンバーガーを焼いた。食事を終えたあと、また坂をのぼって、ライザの家に向かった。リビングにはライザだけがいて、ソファに寝《ね》そべってテレビを観《み》ていた。

「なにかしてほしいこと、ある？」

「少し体を起こしたいの。ポーチに行かない？」

ライザに肩《かた》を貸して、玄関《げんかん》から外のポーチへ出た。ボート係留所と川とその奥《おく》の湿地《しっち》をながめながら、壁《かべ》に背中をつけて、ごつごつした床《ゆか》の上に座《すわ》る。

「父さんがさ、家を建てるって。キャンピングカーは仮住まいなんだ」

「ママから聞いたわ」

「少し時間がかかると思うけどね」

しばらく、沈黙《ちんもく》が流れた。

「あのさ、ライザ、いろいろあったけど……こわがらないでほしいんだ」

「こわがってなんか、いないわ」

「今でも、やっぱり、引っ越《こ》したい？」

ライザはぼくを見て、首を横にふった。

「えっ、いいのか？」

「うん……コートがここにいるならね」

「いるよ、ここに。どこにも行かないよ。湿地《しっち》でのことは、ただただ運が悪かっただけだから。百年に一度のことだからさ」

「こわいのは、そういうことじゃないの。パパがいないのが、つらくて……。ちがう意味でこわいのよ。とくに、こういう場所だと」

「うん、わかるよ」

「なんかね、シートベルトをしめずに車に乗ってるような感じなの。事故にあうとは思ってないけど、シートベルトをしめてないのが、どうしても気になって……。ずっと意識してるみたいな感じ」

「うちの母さんがもどらないことになったから、これからはぼくにとってもライザにとっても、父さんはもっと頼《たよ》りになると思うよ」

「あたしはだいじょうぶよ……コートがここにいてくれるなら」

ぼくは、ライザを見た。「ほんとに？」

「コートがいてくれると、安心するの」

「そうなのか？」

「うん。あたしは、それでじゅうぶん」

「そんなので、いいの？」

ライザは、うなずいた。

「じゃあさ……秋のダンスパーティーに誘《さそ》ったら、どうする？」

ライザは、いつものかわいい笑《え》みを浮《う》かべた。「誘《さそ》ってみて」

「秋のパーティーに、いっしょに行かない？」

「もちろん、行くわ。去年は、なぜ誘《さそ》ってくれなかったの？」

「だって、てっきり――」

「しかたなく、ジェイソンと行ったのよ。でもジェイソンったら、ひと晩中、あたし以外の人とばかりしゃべってたわ」

ゴムバンドが弾《はじ》けるように、胸の中でなにかが弾《はじ》け、ぼくはうつむいて、くすくすと笑った。

「へーえ、そうだったんだ」

ライザが、ぼくの手をつかんで、ぎゅっとにぎる。全身があたたかくなった。

「ねえ、コート、お母さんにバスケの練習に連れていってもらったら？　あんなに上手なのに、やめることないわ」

「やめたんじゃないよ」

「んもう、わかってるくせに」

「母さんにたのむ気はないよ。でも、ずっと考えてはいたんだ。でさ、ひとつ、思いついたことがあって。とっぴな案なんだけど、うまくいくかも」

46

その晩、父さんはソファで、ぼくはソファのそばの床《ゆか》で、ナマズと並んで寝《ね》た。

「父さん？」静かに声をかけた。

「うん？」

「あのクマの行動、どう思う？」

「というと？」

「助けてくれたのかな？」

「かもしれんな。もっとふしぎなことも見たことがあるしな」

「でもさ、なんか、ピンと来なくて……」

「おまえ、あのクマのことが忘れられないのか？」

「ほかにもいろいろ、頭に残っているよ。父さんのいったこと……湿地《しっち》はひと皮めくれば地獄《じごく》が待ってるってこととかさ。最初に聞いたときは、意味がわからなかったけどね」

「うむ、あの湿地《しっち》は、人間が長く生きのびられるような場所じゃない」

「ネイティブ・アメリカンがボトル・クリークからいなくなったのは、そのせいかも」

「ああ、かもな」

「ネイティブ・アメリカンも、ぼくらと同じ目にあったのかも」

「まあ、なにかあって、逃《に》げだしたんだろうよ」

父さんが眠《ねむ》たそうなのはわかるけど、ぼくは考えることがありすぎて眠《ねむ》れない。天井《てんじょう》をながめながら、また声をかけた。

「母さんのいうとおりだって思ったこと、ある？　ここから引っ越《こ》したほうがいいって、思ったりする？」

父さんは、寝返《ねがえ》りを打って、こっちを向いた。

「今回のハリケーンで、さんざんな目にあったからか？」

「ううん……暮らしていくのに楽な場所じゃないから」

「おまえは、どう思ってるんだ？」

「父さんはずっとここで暮らしたいんだろうなって思ってる」

「いや、そういう意味じゃなくて、どうするのが正しいことだと思う？」

ぼくは、父さんのほうを向いた。

「父さん、ぼくはこの場所が大好きだよ。でもさ、ほかの子と、もっとつきあいたいって思うんだ。バスケの練習に行ったり、そのていどのことでいいからさ」

「うむ……」

「でさ、ずっと考えてたんだけど、ライザの家のボートで川を下って、スティンプソンさんの係留所に留《と》めさせてもらえないかな。そこからなら、学校まで一キロ半くらいだし。天気には気をつけなきゃいけないけど、ひとつの方法ではあるよね」

父さんが、ぼくをじっと見つめる。

「まあ、とっぴな方法だけど、ぼくならできるしさ」

「おれが連れていってやる」

「でも、仕事があるだろ」

「母さんはもう帰ってこないし、離《はな》れて暮らしているから、役に立つとも思えない。だがな、おれにとっちゃ、養う口がひとつ減ったわけだ。その分、リバーガイドとして過ごす時間を少し減らしても問題ない」

ぼくはまたあおむけになって、ひとりでほほえんだ。

「コート、どうだ、それでいいか？」父さんの声には、満足げな響《ひび》きがあった。

「うん。いいよ」

「あのな、コート」

「うん？」

「おまえまで、リバーガイドにならなくていいんだぞ。だれにでも合う職業じゃない。おまえは、やりたいことをやればいい」

「なんだよ、そんな話をするほど、老《ふ》けてないのに」

「うるさい」

「はいはい。ありがとう、父さん」

暗がりで寝《ね》そべるうちに、あらためて思った――ほんのちょっとでも、どこかぼけてると、全体像までぼやけちゃうんだな。今、すべてのピントが合ったおかげで、ボート係留所での日々《ひび》は〈逃《に》げだしたい生活〉から、元の〈自慢《じまん》できる生活〉へとイメージチェンジした。

これからのことを思うと、わくわくする。体育館でチームメイトとバスケをして、ライザと秋のダンスパーティーに行く。十月になれば、乾《かわ》いた葉が川へはらはらと落ちてくる。湿地《しっち》の静かな黒い水面に、時折、一陣《いちじん》の風がさざ波を立てる――。

父さんが、いびきをかきはじめた。ここがハウスボートで、昔のように父さんの上の寝台《しんだい》で眠《ねむ》っているような気がしてくる。カエルとコオロギの心安らぐ鳴き声が恋《こい》しい。ハウスボートにぶつかる水の音も恋《こい》しい。

夜の川の気配を少しでも感じられるような家を建てるには、どうしたらいいだろう？　やはり、木の家がいい。網戸《あみど》があって、夜気に当たりながら眠《ねむ》れる、ポーチのある家がいい。

「ねえ、父さん？」そっと声をかけてみた。

父さんのいびきは、途切《とぎ》れない。

なにもかも幸せだ、と父さんにいいたかった。父さんと同じように、ぼくも湿地《しっち》に強い愛着があることを伝えたい。この湿地《しっち》は、ぼくの故郷だ。ずっと暮らしてきた故郷は、心のよりどころとなる。けれどそれは、大切な人たちがそばにいてくれるならばの話だ。大切な人たちがいなくなったら、自分の居場所を失ってしまう。

リバーガイドになるかどうか、今はまだわからないけれど、それでいい。考える時間はたっぷりあるし、ぼくにとって大切な人たちはみんな、近くで眠《ねむ》っている。

ぼくがなにをしようと、どう決めようと、支えてくれる人たちがいるのだから、それでいい。

読者のみなさんへ

これまでハリケーンは、幾度《いくど》となく経験してきた。湾岸《わんがん》に住んでいると、ハリケーン襲来《しゅうらい》はめずらしくないのだ。この小説を書きはじめたときも、ハリケーン・カレンがルイジアナ州のすぐ近くまでせまっていて、上陸しようとしていた。当時、嵐《あらし》が近づくにつれて感じたことを、次のように書きとめている。

『明日から嵐《あらし》になって、日曜日には我《わ》が家《や》も巻きこまれるだろう。現在、時刻は午前八時。仕事部屋《べや》の窓から見える空は青く、雲ひとつないし、ハリケーンは何百キロも離《はな》れている。

それでも、すでに不穏《ふおん》な雰囲気《ふんいき》がただよっている。鳥の鳴き声がしないし、裏庭を走りまわるリスの姿もない。空気はよどんでいて重い。せまりくる目に見えない脅威《きょうい》に、早くもすべてがすくみあがっているようだ。いわゆる「嵐《あらし》の前の静けさ」というやつだろう。今日の午後には大量の雲が流れてきて、雨が降ったりやんだりし、ぱらぱらと葉を濡《ぬ》らすにちがいない。

それまでには窓に板を打ちつけておくつもりだが、車をガレージにしまうのは、警察が道路を封鎖《ふうさ》する明日にしよう』

ハリケーンが来る前にやらなければならないことを、頭の中でチェックしてみた。長年の手順は決まっている——材木店の在庫がなくなる前に窓に打ちつける板を確保し、すべての石油缶《かん》にガソリンを入れ、ボートを湾《わん》から引きあげて、桟橋《さんばし》からすべての物を撤去《てっきょ》する。いったん雨になると、数日間は降りつづける。避難《ひなん》しない者は、窓を板でふさぎ、家の中にとじこもって、ハリケーンが通りすぎるのを待つしかない。今までずっと湾岸《わんがん》で暮らしてきたが、避難《ひなん》したのは一度きりだ。

あれは八歳《さい》の時のこと。ハリケーン・フレデリックの上陸直前に、父親に連れられて、家族全員でボールドウィン郡の北端《ほくたん》まで車で避難《ひなん》して、友だちの家に泊《と》めてもらった。ひと晩中、雨が窓に強く打ちつけ、木の枝が屋根の上にのしかかり、翌朝、目が覚めたとき、外は爆弾《ばくだん》が爆発《ばくはつ》したようなありさまになっていた。

数日後、道路が通行可能になってようやく南の自宅へもどってみると、マツの木は一本も残っていなかった。まるで巨人《きょじん》に踏《ふ》みつぶされた草のように、マツの木々《きぎ》はこぞって倒《たお》れていた。芝生《しばふ》は泥《どろ》と砂にうもれ、壊《こわ》れた家屋と桟橋《さんばし》の破片《はへん》が木々《きぎ》の間にはさまっている。そのすべてを片づけるなんて、とうてい無理だと思った。

あのときは、停電が十日間つづいた。井戸《いど》の電気ポンプが動かないので、母親は湾《わん》からくんできた水をわかして、洗濯《せんたく》に使っていた。避難《ひなん》する前に父親が浴槽《よくそう》に水をためておいたので、飲み水は確保してあった。食事は缶詰《かんづめ》と粉乳のみ。それでも当時は子どもだったので、冒険《ぼうけん》気分を味わえた。

そのあと、ぼくたち兄弟は総出で裏庭の泥《どろ》をかきだし、父親は倒木《とうぼく》をどけて、後片づけをした。ハリケーンが去ってから数カ月間は、冬のすがすがしい空気に電動鋸《のこぎり》とトラックの音が響《ひび》き、湾《わん》の潮の香《かお》りとともに、ディーゼル車とエンジンオイルのにおいが立ちこめた。

それでも働きアリが群がったかのように、大量のゴミがゆっくりと消えていき、我《わ》が家《や》のまわりは茶色一色の土地となった。元の緑にもどるのは、春になってからだった――。

湾岸《わんがん》の住人にとってハリケーンはめずらしくないが、ぼくはいまだにハリケーンには興味をそそられる。我《わ》が家《や》の北には、モービル川とテンソー川にはさまれた三角州《さんかくす》がある。ミシシッピ川の三角州《さんかくす》に次いで全米二位の広さを誇《ほこ》る、約十万ヘクタールにもおよぶ低湿地帯《ていしっちたい》だ。そこには、シカ、野生化したブタ、ワニ、ヘビ、クマなど、さまざまな動物がひしめきあい、リス、アライグマ、フクロネズミ、ヌートリアなど、小がらな動物も無数にいる。

ハリケーンの間、この湿地帯《しっちたい》には、モービル湾《わん》から三メートルもの高潮が打ちよせてくる。

そのとき、この動物たちは、いったいどこに逃《に》げるのだろう？

トナカイのように周辺の川を泳いだり、切りたった崖《がけ》をのぼったり、ひたすらおびえて人家の芝《しば》にたたずんだり――と想像はふくらむが、実際には見たことも聞いたこともない。大半の動物は、たぶんそのまま湿地《しっち》にいるのだろう。川で動物の水死体を見たことがあるので、溺死《できし》する動物も多いのは知っている。だが、たいていは生き残り、洪水《こうずい》が引いたあとの湿地《しっち》は元通りになる。

では、動物たちは、どうやって生きのびたのだろう？

その答えは、ハリケーン襲撃《しゅうげき》がさしせまったある日の午後にわかった。その日、外はすでに突《とっ》風《ぷう》が吹《ふ》き、小雨が降っていた。ぼくは係留所のボート用のスロープで、自分のボートを陸に引きあげる順番を待っていた。ボートを早く高いところに移動させようと、だれもが焦《あせ》っていた。

そのとき、ボートを出そうとしている男がひとりいた。迷彩服《めいさいふく》に身を包んだ、見るからに荒々《あらあら》しそうな男だ。だれも知りあいがいないらしく、こっちのことなどどうでもいいのか、まわりにさめた目を向けている。

男のボートには獰猛《どうもう》そうなカタフーラ・レパード・ドッグが一匹《ぴき》乗っていて、その横に単発の十二口径の散弾銃《さんだんじゅう》が一丁、置いてあった。

ぼくは、その男にたずねてみた。

「これから、ボートでくりだすんですか？」

「ああ、狩《か》りにはもってこいの日だからな」

「狩《か》りって？」

「この湿《しっ》地《ち》の動物が、こぞって高台に集まるんだ。まさに、飛んで火に入る夏の虫だね」

高台といわれても、このあたりにそんなものは思いつかない。ぼくの知るかぎり、どこもかしこも低湿地《ていしっち》だ。

「これから、どちらへ？」ぼくは、さらにたずねてみた。

「サンドヒル。アリゲーターリッジ。ほかにも、いろいろあるよ」

サンドヒル、アリゲーターリッジ――。どちらも、なんとなく聞きおぼえはあった。たしか、第二次世界大戦中に水路を掘《ほ》ったときに出た土砂《どしゃ》を盛った土塁《どるい》だ。

でも、たいていの人は、聞いたこともないだろう。ましてや、場所を知っている人など、まずいない。

この会話を交《か》わして以来、湿《しっ》地《ち》の動物――食う側も食われる側もだ――が、高台でひしめきあうのはどんな光景だろうと、好奇心《こうきしん》をあおられた。

草木の生いしげった広大な未開の地に負けず劣《おと》らず、動物に関しても、まゆつばものの噂《うわさ》がいろいろある。たとえば、ブラックパンサーとか、ハナグマとか、未確認《みかくにん》生物のサスクワッチとか――。

そんな動物が、はたして本当に集まっているのだろうか？

ただし本書は、そういう摩訶不思議《まかふしぎ》な動物の話ではない。設定はもっとリアルだ。もしハリケーンが襲来《しゅうらい》したら、モービル川とテンソー川にはさまれた三角州《さんかくす》はどうなるか、想像して書いてみた。舞台《ぶたい》の一部は名前を変えているが、ほかは実在の場所だ。ボトル・クリーク遺跡《いせき》に関しては名前を変えていないので、ぜひ調べてみてほしい。


アラバマ州ポイントクリアにて　　ワット・キー

訳者《やくしゃ》あとがき

初めてこの本を読んだとき、まっさきに思ったのは――「これは、ハリケーン版ダイ・ハードだ！」

『ダイ・ハード』というのは、一九八八年に製作されたアメリカのアクション映画。ブルース・ウィリス演じるＮＹ《ニューヨーク》市警の刑事《けいじ》が、たまたま妻に会いに訪《おとず》れたビルでテロに巻きこまれ、妻を助けたい一心で孤軍奮闘《こぐんふんとう》する、という映画です。

本書（原題Terror at Bottle Creek）も、主人公コートがほのかな恋心《こいごころ》を抱《いだ》く幼なじみライザとその妹フランシーを助けたい一心で孤軍奮闘《こぐんふんとう》する点は、まさにダイ・ハード。コートが災難に巻きこまれてしまう点や、これでもかというほど苦難が連続するのも、ダイ・ハードの刑事《けいじ》と同じです。

ただし、〝敵〟は人間ではなく、大自然のハリケーン。『ダイ・ハード』のテロリストのように、かけひきや交渉《こうしょう》のできる相手ではありません。冒頭《ぼうとう》から恐怖《きょうふ》の気配を漂《ただよ》わせ、じわじわと迫《せま》ってきたあげく、急激に猛威《もうい》をふるって、容赦《ようしゃ》なくコートたちに襲《おそ》いかかるハリケーンは、まさに最強の敵。しかもコートは、頼《たよ》りの父親がいない状況《じょうきょう》で、たったひとりでライザとフランシーを守りぬかなければなりません。

そんなコートの焦《あせ》りや怒《いか》りがあますところなく描《えが》かれていて、みなさんもきっと手に汗《あせ》をにぎりながらお読みになったのではないでしょうか。

さらに本書がユニークなのは、ハリケーンに襲《おそ》われた動物をも克明《こくめい》に描《えが》いている点です。ハリケーンで命を奪《うば》われかねないのは、動物も同じ。その動物のひしめく高台に避難《ひなん》した結果、コートたちは野生化した凶暴《きょうぼう》な動物とも戦う羽目に——。

著者のハリケーン体験が存分に活《い》かされた迫力《はくりょく》満点のサバイバル小説を、みなさんもぜひ、ハラハラドキドキしながら楽しんで下さい。

二〇一七年六月

橋本恵

ワット・キー
Watt Key
1970年、アラバマ州生まれ。バーミングハム・サザンカレッジに進学後、本格的に執筆に取り組む。2006年、『風の少年ムーン（原題：Alabama Moon）』（偕成社）で作家デビュー。全米で高い評価を受ける。現在もアラバマ州南部在住。本書にも描かれる湿地帯の近くに、妻と三人の子どもとともに暮らしている。

橋本恵
はしもとめぐみ
翻訳家。東京生まれ。東京大学教養学部卒業。訳書に「ダレン・シャン」シリーズ、「デモナータ」シリーズ（以上、小学館）、「アルケミスト」シリーズ（理論社）、「カーシア国3部作」（ほるぷ出版）、『魔法が消えていく……』（徳間書店）、『Everything, Everything わたしと世界のあいだに』（静山社）などがある。

ボトルクリーク絶体絶命

2017年7月20日　初版発行

著者　ワット・キー
訳者　橋本恵
発行者　山浦真一
発行所　あすなろ書房
〒162-0041 東京都新宿区早稲田鶴巻町551-4
電話 03-3203-3350（代表）
印刷所　佐久印刷所
製本所　ナショナル製本

ISBN978-4-7515-2871-6 NDC933 Printed in Japan